「質問。――恋人が大量殺人を犯す未来を知っていたら、お前はどうする？」
「ノア先輩が人を殺しそうになったら、俺がその人を癒します。
先輩に人殺しをさせません。今度は俺がノア先輩を守りますから!!」
JN082102

SHY NOVELS

女王殺しの血族

夜光花

イラスト 奈良千春

CONTENTS

夜王殺しの血族

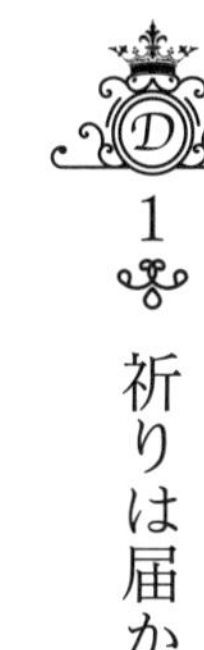

1 祈りは届かず

その人の視線に囚われた時、レオン・エインズワースの人生は一変した。

デュランド王国に君臨する女王陛下――翡翠色（ひすいいろ）に光り輝く双眸（そうぼう）に見つめられた瞬間、レオンは無意識のうちに跪（ひざまず）いていた。全身の血が沸騰し、目の前の存在がすべてになった。この方のために尽くし、命を投げ出してもお守りするのが自分の使命だと。

これは王家に伝わる魅了の魔力。そうと分かっていても、心は奪われ、抗う術（すべ）はなかった。この国の民として生まれてきた以上、女王陛下を守ること以上に大切なものなどない。

そのことに一点の疑いも曇りもなかった。

女王陛下への服従――それこそが、レオンにとって至上の悦（よろこ）びだったから。


レオンは五名家と呼ばれる傑出した貴族――エインズワース家の直系だ。

レオンには三歳下の妹と五歳下の弟がいて、父と母、祖父母と暮らしている。レオンが生まれたデュランド王国には火魔法、風魔法、水魔法、土魔法、雷魔法を操る特別な血族がいて、レオンはそのうちの水魔法の直系に当たる。

水魔法はその名のごとく、水を自在に操る魔法だ。レオンは小さい頃から祖父母に水魔法を叩き込まれてきた。水はレオンにとって空気同然で、知らない土地を歩いていても水の匂いを感じとることができるほど身近なものだった。

「レオン、女王陛下のために立派な軍人におなりなさい」

ローエン士官学校に入学する際、祖父と祖母、父と母はそう言ってレオンを送り出した。レオンも無論そのつもりだった。

レオンが初めて女王陛下に跪いたのは、十三歳の誕生日だった。

五名家の直系の子孫は、十三歳になると社交界デビューをして王族のパーティーに招かれるようになる。レオンも十三歳になった時に、女王陛下の主催するパーティーに初めて出席した。

女王陛下は玉座と呼ばれるきらびやかで荘厳な椅子に座っていた。出席者の挨拶が続く中、女王陛下を遠目で確認したレオンは、怖そうなおばさんだなと思った。この時、女王陛下は六十二歳、出席者から声をかけられてもにこりともせず目だけで相手を威圧し、言葉少なに応対していた。女王陛下の治世歴は十三年になり、国民の信頼も厚く、国を治める能力も高いと言われている。

女王陛下の前にこの国を治めていたアルバート国王は、悪政を強いる無能な王で、放蕩に耽り、そのせいで国庫が傾いたと揶揄されていた。アルバート国王の時代は国も荒れ、闇魔法の一族が国を乗っ取ろうと革命を起こすという惨事も起きた。

　女王陛下はアルバート国王の末娘で、当時王位継承順位は低かった。だが闇魔法の一族により次々と王家の人間が殺され、王位継承順位第一位に躍り出た。水魔法を操るエインズワース一族は代々王族を守る近衛騎士(このえきし)の任に就く。レオンの祖父も、闇魔法の一族から王族を守るために日夜奔走したとよく話す。

　アルバート国王が闇魔法の一族に討たれた後、ヴィクトリアが女王となり、この国の指揮を執(と)った。女王陛下は女性ながらに剛の者で、闇魔法の一族を根絶やしにすると、傾きかけていた国を立て直した。圧政や無謀な徴収をやめ、賄賂(わいろ)がはびこっていた国の中枢機関をクリーンにし、国を統制した。

「ヴィクトリア女王の時代は平和でいい」

　父も母も祖父母も女王陛下を信頼している。

　レオンも初めて対面した瞬間から女王陛下の信奉者になっていたので、将来は魔法団に入るか、女王陛下の近衛騎士になろうと考えていた。近衛騎士は魔法回路を持つ者のみで構成された組織で、魔法回路を持たない者は近衛兵に所属する。

　デュランド王国には魔法を使える人間が数多くいるが、王族は魔法を使えない。ただし、王家にだけ伝わる特別な力を有していた。

　それが魅了と称される魔力だ。魔法ではないのは、呪文を詠唱しているわけではないからだ。王位継承順位が上であればあるほど、その力は強いと言われている。女王陛下の眼力は強く、謁見を許された者は自然と頭(こうべ)を垂れてしまう。

レオンは祖父母からひそかにその話を聞いていた。だから女王陛下と会っても、心を囚われないように警戒していた。けれど実際に女王陛下と視線を合わせると、その圧倒的な存在に膝を折っていた。レオンは魅了の魔力に囚われ、それを喜ばしく思うほどだった。この命をかけて生涯、女王陛下にお仕えしようと決めた。

「お兄様、もうすぐローエン士官学校に入学するのですね。しばらく会えなくなるのでしょう？　寂しいです」

ある雨の日の午後、レオンの妹のローズマリーが顔を曇らせて言った。その日はアルフレッド王子に招かれて馬車で王宮へ赴いていた。

ローズマリーはレオンにとって大切な妹だ。白く滑らかな肌に、ぱっちりした青い瞳、桜色の唇の持ち主だ。その可憐な可愛らしさは社交界でも有名で、寄ってくる虫を追い払うのが大変なほどだった。可愛い妹には自分が認める相手と結ばれてほしい。そんな兄心で、ローズマリーを守っていた。

「俺のいない間に変な輩(やから)が寄ってこないよう、注意しなさい。アルフレッド殿下にも申し訳ないから」

レオンはそっと隣に座っているローズマリーの白い手をとった。ローズマリーの頬がぽっと赤くなり、アルフレッド王子に想いを馳せているのが分かる。

アルフレッド王子は、女王陛下の息子であるヘンリー王太子の三番目の息子だ。レオンと同じ歳で、パーティーで何度か顔を合わせているうちに親しく話をする間柄になった。レオンが来月にはローエン士官学校に入学するので、その前に一度遊びに来てほしいと招かれていた。レオンの妹のローズマリーは初めて会った時からアルフレッド王子に想いを寄せていて、王子の花嫁になりたいと母や自分に打ち明けるほどだった。

「ねぇ、お兄様。私とアルフレッド殿下の仲を取り持って。私、あの方以外は考えられません」

ローズマリーは舞踏会の翌日、きらきらと目を輝かせてねだってきた。

それも仕方ないと思うほど、アルフレッドは見目がよく、背筋の伸びた凛とした青年だ。女王陛下の秘蔵っ子と呼ばれるほど頭脳明晰で、剣の腕も立つ。

代々王家では王位継承順位が高い者は他国の姫を娶る習慣がある。だからヘンリー王太子も、ヘンリー王太子の第一子でアルフレッドの兄であるアレクシス王子も、第二子のハインリヒ王子も隣国の姫君と婚姻している。第二王子までは政略的な厳しい婚姻関係を強いられるが、第三王子からは多少の融通が利く。これまでもエインズワース家の者が王族へ嫁いだり、王家の姫をエインズワース家に迎え入れたりという話はいくつかあった。

王族と五名家の者が婚姻する際にはいくつかの条件があり、その一つに魔法回路を持っていないこと、というのがある。理由は明確にされていないが、王族に魔法回路を持つ五名家の血を混ぜてはいけないと言われている。その点、ローズマリーは魔法回路を持っていないので条件に当てはまる。

「ローズマリー。王家に嫁ぐのは、並大抵の覚悟では務まらないよ」

レオンはローズマリーの気持ちを知って、戸惑いを隠せずに言った。けれど頑固な一面を持つ妹は、絶対にアルフレッド王子と結婚すると心に決めてしまった。

「私、殿下以外と結婚するくらいなら修道女になります」

本気かどうか分からないが、真剣な面持ちでローズマリーは宣言した。これに両親は大慌てになり、王家へ嫁がせる方法を模索し始めた。

レオンはアルフレッド王子と親しいが、ローズマリーの婚姻に関しては手放しで賛成できなかった。

アルフレッド王子の為人に一抹の不安を覚えていたからだ。

アルフレッド王子は非の打ち所がない優秀な人物だ。将来は必ずこの国を支える礎となるだろう。だが、その内面には人を踏み入らせないひどく冷たいところがあった。簡単にいえば、家庭を大事にする温かさを持ち合わせていなかった。友人としては問題ないが、夫婦となった時に、ローズマリーがどれほど心に渇きを抱えるか心配だった。

「お兄様、ローエン士官学校に入る前に、殿下にご挨拶なさるんでしょう？　私もぜひ連れていってくださいな」

八月の終わり、ローズマリーはレオンがアルフレッドに会いに行くことを聞きつけると、強引についてきた。エインズワース家では、アルフレッドとの婚姻話は現在保留になっている。それもあって、ローズマリーとしては何度も顔を合わせることにより、アルフレッドの関心を引きたいのだ。ローズマリーは周囲から可愛がられて育ったので、自分に自信がある。何度も会えば、絶対にアルフレッドが自分になびくと思い込んでいるのだ。あの人はそんな簡単な男ではないと言い聞かせても、ローズマリーは聞く耳を持たない。可愛い妹の頼みなら聞いてやりたかったが……。兄のつらいところだ。

王宮はレオンたちが住むローズウッドから馬車で三十分ほどの小高い丘の上にある。高い濠に囲まれ、背後には山が聳え、王宮から馬で五分ほどの距離には川が流れている。川の傍の肥沃な土地には城下町がある。

王宮は石造りの堅固なもので、高い塔が何本も空に向かって突き出ている。増築を何度も重ねたその構造は複雑で、王宮に招かれた人は『迷宮』と口にする。塀の中には四階建ての横長の大きな建物がある。こちらは魔法団のための宿舎だ。魔法団は王宮を守るため、王都に不審な動きがないか、常に鋸壁から周囲を警戒し監視している。

レオンを乗せた馬車は王宮の手前にある大きな橋のたもとで停まった。レオンが近衛兵に書類を渡し、それが確認されると橋を渡る許可が下りる。橋には近衛兵の赤い制服がちらほら見える。橋を通り過ぎると城門が開き、中に通される。

王宮の庭は八月とあって色とりどりの花が咲いていた。綺麗に刈り込んで動物の形を模したトピアリーもあちこちにある。ローズマリーはそれを見つけるたび、少女らしい歓声を上げた。

「レオン、よく来てくれた」

王宮の正面玄関に馬車が停まると、アルフレッド自ら出迎えに来ていた。プラチナゴールドのさらさらした髪に、女王似の翡翠色の美しい瞳、すっと通った鼻筋――ヘンリー王太子の子どもたちの中で、一番人を惹きつける甘い顔立ちをしている。今日は襟元をきっちりと閉じた上質の生地で作られたシャツにズボンというラフな服装だった。マントはつけず、勲章もつけていない。アルフレッドは堅苦しい格好があまり好きではないのだ。

「殿下。お招きありがとうございます」

馬車から降りてローズマリーの手をとると、レオンはアルフレッドに近づいて一礼した。

「お招きありがとうございます」

ローズマリーはよそいきの声で、ドレスの裾を持ち、優雅に挨拶する。

「ローズマリー嬢、今日も美しい」

アルフレッドはにこりと微笑む。それだけでローズマリーは天にも昇った心地になり、足取りが軽やかになる。

「今日は天気が悪いだろう。部屋でくつろごう」

アルフレッドは微笑みを絶やさずに言う。部屋でくつろぐというのは、ゲームをしようという誘いだ。アルフレッドはゲームが好きで、よくレオンに勝負を持ちかける。初めてチェスをした際に手を抜かず互角の勝負に持ち込めたのが、気に入られた理由だった。

「ローズマリー嬢、母が異国から仕入れたお菓子を用意している。ぜひ試してみてくれ」

長い廊下を歩いている際に、アルフレッドはそう言ってローズマリーをメイドに押しつけた。

「え。私、殿下と一緒に……」

アルフレッドと親しくなりたいローズマリーは不服げに顔を曇らせる。

「母上と仲良くなるのは悪いことじゃないと思うがね？」

アルフレッドはローズマリーの肩を親しげに抱き、耳打ちする。ローズマリーの頬が紅潮し、

「そ、そうですね」とメイドに連れられて廊下を曲がっていく。

レオンはその様子を見て、やれやれと眉尻を下げた。客観的に見て、アルフレッドはローズマリーに興味がない。レオンの妹だからそれなりに優しく接しているが、恋はしていない。ローズマリーの想いとは裏腹に、現状、王家との婚姻の望みは薄かった。

ふと足音に振り返ると、侍女を従えて歩く女王陛下の姿があった。レオンはとたんに背筋を伸ばし、女王陛下に敬礼した。

「レオン。アルフレッドの相手をしてくれて助かります」

女王陛下はレオンににこりと笑い、そのまま侍女と共に廊下を去っていった。レオンは女王陛下の後ろ姿に熱い眼差しを送った。

「恋する少年のようだな」

アルフレッドがからかうように言う。何とでも言って下さいとレオンは応じた。

「雨で退屈していたところだ。レオン、三本勝負といこう」

いつまでも女王陛下の背中を見ていたかったが、アルフレッドに撞球室（どうきゅうしつ）に引っ張られた。女王陛下に会えるとは、今日はついていた。レオンはその日、心が浮き立った状態でアルフレッドとビリヤードを楽しんだ。アルフレッドは二勝一敗でレオンに勝ったが、心ここにあらずといった様子だ。

「レオン——ローエン士官学校に行くんだろう？」

ビリヤード台にキューを放ると、アルフレッドは壁に沿って置かれた長椅子に座って言った。

アルフレッドは遊び場にメイドが入るのを好まないので、テーブルにはレモン水が入ったピッチャーがあらかじめ用意されている。レオンは二つのグラスにそれを注ぎ、アルフレッドの横に腰を下ろした。

「ええ。来月から寮生活です」

「五名家に生まれたかったと、この時期はいつも思う。王族はローエン士官学校には入れないから」

嘆かわしげにアルフレッドが呟く。その横顔を見て、レオンはアルフレッドがローエン士官学校になみなみならぬ興味を抱いているのを初めて知った。ローエン士官学校は魔法回路を持つ者だけが入れる魔法を学ぶ学校だ。

「信じられるか？　この国の王子だというのに、俺は希望する学校にすら進めない」

アルフレッドはレオンから手渡されたレモン水を一口飲み、ため息をこぼした。

「そんなに興味が？　魔法を使いたいと？」

レオンは意外に思ってアルフレッドを見つめた。アルフレッドはにやりと笑い、目を細めた。

「俺は王子だぞ？　魔法を使う必要はない、配下の者に使わせればいいだけだ」

当然のように断言され、レオンは思わず居住まいを正した。アルフレッドといると、しょせん自分は貴族の一員でしかないと思い知らされる。王家の血というのは、特別だ。女王陛下の魅了に囚われた瞬間のように、アルフレッドといるとハッとする瞬間がある。抗えない力に平伏してしまうというか、アルフレッドに尽くしたいと自然に思ってしまうのだ。

「俺はクリムゾン島そのものに興味があるんだ」

アルフレッドは声を潜めて打ち明けてきた。

クリムゾン島——ローエン士官学校のある孤島だ。本土から西百十キロ離れた絶海に位置する島で、断崖絶壁のため海からの侵入は難しい。島はローエン士官学校がある区域と、森の人と呼ばれる部族が暮らす区域に分かれている。森の人に関してはくわしい情報は公表されていないため、謎に包まれた島として有名だ。

「あの島には時々調査兵を送っているんだが、報告書を読むとますます興味が湧くぞ。おっと、これは誰にも内緒だ。クリムゾン島の報告書は厳重に管理されていて、女王陛下以外は閲覧できない決まりになっている」

アルフレッドは顔を近づけて耳打ちしてきた。女王陛下しか閲覧できないものをどうやって覗き見たのか知りたかったが、藪蛇になりそうなので聞くのはやめておいた。

「お前、ギフトについて知っているか？」

アルフレッドは吐息が触れ合うほどの距離でレオンに問う。

「祖父母からおとぎ話として聞かされたことはあります。クリムゾン島にはギフトを与える司祭がいると。でも実際もらった人など俺は知りません。そもそもギフトが何かも分からないし」

レオンは困惑して答えた。

「叶うならば現地調査をしたいくらいだ。王子である俺には無理だが」

アルフレッドはレオンからたいした情報は得られないと悟ったのか、肩をすくめて言う。

「なぁ、寮生活が始まったら、俺に手紙を送ってくれ。あの島に関する話を知りたいんだ。些細な話でもいい」

アルフレッドは椅子から立ち上がって、じっとレオンを見つめてきた。レオンはすぐさま腰を浮かし、アルフレッドの前に膝を折る。

「もちろんです、殿下」

アルフレッドの前で跪くたび、彼との間に流れているものは友情ではないと思い知る。どれだけ友人らしい行動をとっても、最終的にはアルフレッドに対する忠誠心が顔を出す。無意識のうちに、本能的に、王家の前では絶対服従だ。

「その代わりと言ってはなんですが、妹のことを少しでいいので気にかけていただけますか。ローズマリーはあなたに夢中です」

レオンはなるべく軽く聞こえるように、冗談めいた口調でアルフレッドに言った。アルフレッドは何とも言えない不思議な表情になった。笑うのを堪えるような、憐れむような、そんな顔つきだ。

「ローズマリーは身内贔屓を抜きにしても綺麗な子だと思いますが。王子には誰か心に秘めた方が？」

ついそんな言葉が口をついて出る。アルフレッドの本心はどこにあるのだろうと以前から気に

なっていた。アルフレッドから好きな女性のタイプなどの話を一度も聞いたことがない。

「容姿など――一皮剝けば、皆同じだ」

背筋が寒くなるような冷たい眼差しでアルフレッドが呟いた。こういう時、自分は本当に妹を王家に嫁がせたいと思っているのだろうかと心に翳が差す。アルフレッドはローズマリーの手に負える男ではない。

「王家には目を背けたくなるような闇がたくさんあるからね。失礼ながらローズマリー嬢のように幼い精神では持つかどうか。俺は君との友情は大切にしたいから、慎重になるんだよ」

口元に笑みを浮かべながら、アルフレッドはキューーを手に取った。アルフレッドの口から王家の闇などと言われるとぞくりとする。レオンも自分の血族に関する後ろ暗い部分をよく知っている。

「俺は何度も考え直すよう言ったんですが。あなたの魅力にローズマリーは参っているようです」

いつもの空気に戻そうと、レオンはあえて軽口を叩いた。

「報告――頼んだぞ」

アルフレッドは念を押すように言い、キューーを片づける。

アルフレッドが望むなら、島について調べるのもいいだろう。レオンはそう考え、来月から始まる寮生活に意識を向けた。

その数日後、レオンはクリムゾン島に渡った。クリムゾン島に聳え立つ魔法学校——ローエン士官学校は五名家の血を引く魔法回路を持つ者のみが通える学校だ。島に降り立った時、レオンはこの学校を首席で卒業しようと決めた。女王陛下のためにも。

「うっわぁ、すごい綺麗な人がいるね」

入学式が執り行われる講堂の前庭で、新入生からも、在校生からも視線を集めている男がいた。火魔法の一族のノア・セント・ジョーンズだ。美しい黒髪を肩に垂らした、ハッとするほどの美形だ。社交界で何度か見かけたことはあるが、いつも不機嫌そうな顔をして話しかける人を無視していた。火魔法の直系なのでいずれは仲良くしなければならないと思っていたが、いつ見ても不機嫌そうなので声をかけたことはない。そのノアは、今もしきりと周囲の人から話しかけられていたが、彫像のように動かず無視している。興味を持って話しかけた人の中には、「もしかして耳が悪いの？」と心配そうに尋ねる人もいたが、じろりと睨（にら）まれて、それはないと理解するようだった。

「何だよ、お高くとまりやがって。返事くらいしろよな」

ノアの近くにいた短髪の青年が、無視を続けるノアの肩を摑んだ。ふっとノアの目が物騒な光を放ち、レオンは思わず短髪の青年とノアの間に割って入った。何故か分からないが、鳥肌が立つような危険な気配を感じたのだ。見た目は短髪の青年のほうが身体つきも大きかったのに、ノアに殺されるのではないかととっさに動いてしまった。

「式が始まる、騒ぐな」

レオンは短髪の青年をノアから引き離し、騒ぎを注視する学生たちを追い払った。短髪の青年はふてくされた態度でその場を離れていった。ちょうど教師が学生たちを講堂へ入れ始めたところだった。

「ノア様！」

学生たちの中から現れたのは、茶髪の眼鏡の青年だ。

「すみません、何か騒ぎを起こしましたか？」

テオと名乗った青年は、上目遣いでレオンに尋ねる。

「いや、少しだけだ。そいつがあまりに人を無視するんで」

レオンはノアを軽く顎でしゃくり、小声で答えた。ノアはむっつりとした顔つきでそっぽを向いている。

「人を侮蔑する言葉を使うなとテオがうるさいから、黙っていただけだ」

ノアは氷のように冷たい眼差しで言う。

「ふつうにしゃべればいいじゃないですか」

テオが呆れて頭を抱える。

「虫が話しかけてきたんだぞ。お前は虫と挨拶をするのか？」

面倒そうに呟き、ノアはくるりとレオンに向き直る。虫とはさっきの青年のことだろうか？

聞き間違いか？

「お前、エインズワース家のレオンだな。ずいぶんお節介だな」

ノアはレオンを一瞥すると、背中を向けて講堂に向かった。テオが、すみませんと何度もレオンに頭を下げてノアを追いかける。

外見は綺麗だが、性格は最悪――ノアに対するレオンの第一印象だ。いつも不機嫌そうだと思ったのは間違いではなく、ノアが心の底から楽しそうな笑顔になるところは、その後も見たことがなかった。

関わりたくない相手ではあるが、ノアの存在はレオンにとって見過ごせないものだった。魔法に関しては教師でさえ舌を巻くほどの才能を持ち、勉強もトップの成績を修めている。体術ではレオンの成績のほうがよかったが、首席で卒業するつもりだったレオンにとっては、目の上のたんこぶ、倒すべき相手だった。

「知ってるか？　ノア信奉者が徒党を組んだらしいぞ」

二年生になった時、一つ年上で従兄弟のリチャードが恐ろしげに教えてくれた。

「徒党を組んだって……どういう意味だ？」

ノアはその美貌と媚びない態度で、上級生からも一目置かれているのもあって（難癖をつけてきた上級生を地に平伏せさせたという噂がある）憧れる者も多かった。ノア自身がどれだけ邪険に扱おうと、信奉者は増える一方だった。何かの宗教のようだと揶揄する者もいるくらい、ノアには桁外れの魅力があった。

「ノア様親衛隊って名乗っているらしい」

リチャードは笑っていいのか、気味悪く思うべきか分からないと言いたげに呟く。

ノアはけっこうな人嫌いで、同室の風魔法の直系であるオスカーか、従僕のテオとしかまともにしゃべらない。

ノアが話をするのは、魔法クラブにいる時くらいだ。魔法クラブは人気のため、入部するには厳しい審査を通らなければならない。だが、魔法クラブでは授業で習う以外の上級魔法も学べるのだ。五名家の直系の学生は基本的に入れるが、直系が同学年に三人もいるのは珍しいと言われた。

魔法クラブで一緒になるものの、ノアとはたいてい言い合いになる。レオンから見ると、ノアは成績は優秀だが、不真面目で規則を破りすぎる。いずれ魔法団に入るであろうノアには、規則を守るまともな人間になってほしかった。こんな奴が入団したら、魔法団に不協和音が生じる。一番気になるのは、時おり露(あらわ)になる女王陛下への忠誠心のなさだ。

「レオンは堅いなぁ。もっとリラックスして生きていかないと」

魔法クラブに入ってオスカー・ラザフォードとも話すようになったが、この男もノアほどではないが不真面目なところがある。茶色い柔らかそうな髪に人懐(ひとなつ)こそうな瞳を持つオスカーは、貞操観念が低く、気に入れば学生でも教師でもかまわず手を出す悪癖があった。

「ノアに親衛隊ができたらしいな」

レオンはノアがいない隙を見計らって、オスカーに話しかけた。オスカーはおかしそうに笑いだし、「ノアに直接言わないのは正解」とレオンの背中をばんばん叩いた。

「不思議だよね。ノアは一言だって言ってないのに、勝手にノアのために学校内をクリーンにしようと活動してるんだよ。本人は気味悪がっているから、口にしないほうがいい」

オスカーの話では、ノア本人は親衛隊を疎ましく思っているらしい。ノアがまともな感性を持っていてホッとした。

ノアの親衛隊を見ていると、時々既視感を覚える。

親衛隊と称している学生のノアに向ける視線が、女王陛下に向ける自分の視線とそっくりなのだ。ノアは火魔法の一族だし、王家の血は引いていない。それなのに、まるで魅了されたように、ノアに惹かれる人が増えていく。

（火魔法の一族も、過去には王家の娘を迎え入れたことはある。聞いたことはないが、王族のみが使える魅了の魔力が遺伝してもおかしくはない……のか？）

そうも考えたが、それであれば他の血族の直系でも魅了の魔力を使える者が現れるはずだ。そもそも王族と婚姻する者は、魔法回路を持っていない者と決まっている。筋が通らない。単にノア自身に人々を惹きつける魅力があるだけの話かもしれない。

学生生活を送る間、レオンはアルフレッドに向けて島の話や学校生活の話、五名家で目立つ貴族の子弟について手紙をしたためた。アルフレッドが王になる可能性は極めて低いが、王家の一員としてこれからの国を背負う人材について知っておくのはいいことだと思ったのだ。

アルフレッドからはまめに返信がきた。王家からの文書は特別で、毎回郵便配達人ではなく、校長であるダイアナ・ジャーマン・リードから渡された。

ダイアナは女王陛下と同じ歳のはずだが、魔法で外見を若々しく見せている。四賢者の一人で雷魔法と風魔法の混血だ。異なる血族同士で結ばれると基本的に魔法回路を持たない子しか生まれてこないのだが、ごくたまに魔法回路を持って生まれてくる子どもがいる。そういう子どもは成長すると校長のように強力な魔法の使い手になるのだ。

「君はアルフレッド王子と仲がいいんだね。あの王子にも友人がいたようで何よりだ。だが、忠告しておく。使い勝手のいい犬にはなるなよ。あの王子は女王陛下の若い頃そっくりで、青い血が流れているぞ」

ある日手紙を渡しながら、校長がそんなふうにからかってきた。アルフレッドが女王陛下とそっくりと言われ、レオンの心は女王陛下と接見した日に飛んだ。

「校長は女王陛下と親しいのですよね。いつかお話を聞かせて下さい」

レオンが表情を弛めて言うと、校長が珍しげに眉を上げる。

「君も彼女の信奉者か。そうだね、君が信頼に足る人物と私が確信したら、女王陛下の若い頃の話を聞かせてあげよう。何しろ私は女王陛下とは幼馴染(おさななじ)みだからね」

校長にウインクされ、レオンの心は躍った。校長の信頼を勝ち取らなければならない。そう思って授業やクラブに真面目に取り組んだが、一年を総括して成績優秀者に与えられる守護の指輪はノアのものになった。悔しくて、その夜はなかなか寝つけなかったほどだ。

穏やかだった日々が、二年生になってある事件によって一変した。

まだ肌寒く春にはほど遠い季節に、一学年上の先輩であるジークフリート・ボールドウィンが禁止されている召喚魔法を行ったのだ。

召喚魔法――この世にいない人物や、生き物を呼び出す魔法だ。

召喚魔法は術者が未熟だと、呼び出したものが暴走したり、術者を死に至らしめたりするため禁じられている。ジークフリートが召喚魔法について調べているのは知っていた。士官学校には付属の図書館があるが、そこには召喚魔法に関する書物は存在しない。貸出禁止の書物にすら記されていないというのに、ジークフリートはどこからかその知識を得ていたようだ。

ある日の夕暮れ、もうすぐ門限の時刻といった頃、レオンは森の方角に閃光(せんこう)を確認した。

それが特殊魔法の光だというのはすぐに分かった。虹色に輝いていたからだ。渡り廊下を歩いていたレオンは即座に閃光が生じた方角へ駆けだした。途中でノアとオスカーも合流し、一緒に不審な光を放った場所へ急いだ。

(あの光は特殊魔法によるものだ。何の魔法だ⁉)

レオンと同じく、ノアとオスカーも異変を感じ取っている。演習場にジークフリートを見つけた時は、何か恐ろしいことが起きたのを察知していた。

ジークフリートは、薄闇の中、制服姿で背中を向けて佇(たたず)んでいた。

その先には、ゆらゆら揺れる白い影があった。人の形をしていたが、距離があったのでレオンたちは、それがどんな人物か判別することはできなかった。男だというのは分かったが、白い影はすぐに闇に溶けて消えてしまった。だが人の形をしていたことで、ジークフリートが召喚魔法を行ったと確信した。

「ジークフリート！」

レオンたちが駆けつけるより早く、空から箒に跨って飛んできた校長がジークフリートの前に降り立つのが見えた。ジークフリートはゆっくりと振り向き、無言で校長を見返した。ジークフリートは長い黒髪に、鼻筋の通った顔つきをしている。酷薄そうな薄い唇が、その時は色を失いかすかにわなないていた。ジークフリートといると体感温度が下がると言われるほど、独特な気を持つ男だった。冷ややかな眼差しで見つめられ、彼に命令されると、たいていの者は従ってしまう。

「ジークフリート、今のは召喚魔法だね。君を捕縛する」

黒いマントを羽織っていた校長は有無を言わせぬ物言いで、杖を動かした。とたんにどこからか鋼鉄の枷が現れ、ジークフリートの手足に嵌められた。

「校長！」

レオンたちが声を上げる。ジークフリートは手足の自由を奪われても、抗う素振りも見せず、動じている様子はない。レオンは彼が動揺した姿を一度も見たことがない。

「君たちも来たのか。共謀者ではないな？」

校長は鋭い目つきでレオンたちを見回す。レオンたちは当然首を横に振った。

「何を呼び出した？」

この場の緊迫した状況の中、ノアは一歩前に進んでジークフリートを睨みつけた。

「一体、何を——いや、誰を呼び出したんだ？」

ノアの切れ長の目がジークフリートを見据える。ジークフリートの口元がピクリと動き、一瞬笑ったようにも見えた。

「お前たちには関係ない」

氷のように冷えた声でジークフリートは答えた。

ジークフリートは最初に会った時から、異質な存在だった。プラチナ3と呼ばれる個室を与えられるほど優秀で、生まれながらの支配者だった。ジークフリートの傍には指示に従うだけの学生が何人もいて、それを当たり前のように従えていた。ジークフリートにはおよそ友人と呼べる者はいなかった。そんなものは求めてもいないのだろう。同じ魔法クラブに所属していたが、ジークフリートの人を見下す部分が好きではなかった。そういう点ではノアと似ている。ノアのほうがいくらかマシだが。

「君たちは寮に戻りたまえ、彼は我々が連れていく」

教師陣が演習場に集まってくるのを見ながら、校長が言った。レオンたちは仕方なく教師陣と入れ違いに寮へ戻った。

翌日、レオンたちは校長室に呼び出された。

「ジークフリートが失踪した。行方を知っている者はいるか？」

困り果てた様子で校長に言われ、レオンたちは息を呑んだ。校長には黒いロットワイラーの使い魔がいて、群れとなってジークフリートの捜索に当たっていた。けれど彼らの嗅覚（きゅうかく）をもってしても、寮内はむろん演習場や森でもジークフリートの手がかりさえ見つけることはできなかった。

「ざるだなぁ。ちゃんと捕まえていたんですか？」

オスカーが呆れて言うと、校長が悩ましげに眉根を寄せる。

「ここは学校だ、独房などないからね。とはいえ、簡単に出られないよう彼を特別室に閉じ込めていたんだけど、どうやら彼には手引きをする者がいたようで」

校長はちらりとレオンたちを見やる。

「俺たちは無関係です」

ムッとしてレオンが言うと、ノアが鼻で嗤う。

「そうだな。あの男が暗い部屋に閉じ込められたのを面白がりこそすれ、手は貸さないな」

ノアはジークフリートをあまり好いていない。オスカーは中立の立場を保っているが、かばうような発言は聞いたことがない。

「それならいい。ジークフリートは立ち入り禁止区へ行ったのかもしれない。もろもろの処罰も含め、魔法クラブは来期まで活動休止だ」

校長のお達しにレオンたちは顔を歪めた。ジークフリートが召喚魔法を行うのを止めなかったということで連帯責任にされてしまった。レオンたちは何度もジークフリートが召喚魔法に興味を持つことを咎めたというのに。

レオンはその日、アルフレッドに宛てて手紙を書いた。

今回のジークフリートの件に関して、嫌な予感がしたからだ。事件の経緯を細かく記し、アルフレッドにも情報を共有してほしかった。この時すでに、レオンにはジークフリートが今後国家に忠誠を誓うとは思えないという確信があった。

ジークフリートは十日間、姿をくらました。

戻ってきた彼を見た瞬間、レオンは何とはなしにゾッとするものを感じた。ジークフリートは消えた時と同じ制服姿で学校の敷地に現れた。制服はかなり汚れていて、しばらく野宿のような生活をしていたのが見てとれた。背筋が冷えたのは、ジークフリートのうつろな顔を見たからだ。ジークフリートは魂が抜かれたみたいに、生気を失っていた。

「ジークフリート、あなたはどこで何を」

レオンはジークフリートの背中を追いかけ、怒った声音でその肩に手をかけた。とたんに激しく手を振り払われ、恐ろしい形相で睨みつけられた。

「汚い手で触るな、下種（げす）が！」

ジークフリートはレオンがたじろぐほどの気迫で言い放った。それまでもジークフリートは情が薄い人間だと感じていたが、その時は悪鬼のようだった。何か大きなことがジークフリートに起きたのだと肌で知ったのだ。

その後、ジークフリートは退学届を出して、島を去った。

ジークフリートに何が起きたか、その時は分からなかった。分かったのは翌年、新入生が入ってきた冬だった。赤毛になったジークフリートが島に現れ、自分は闇魔法の一族だと宣言したのだ。ジークフリートは島の兵士のほとんどを殺戮し、圧倒的な力を見せつけた。彼の傍には新入生でノアが気にしていたマホロという子がいた。あとから知ったことだが、マホロの心臓には魔法の力を高める増幅器の役割を果たす魔法石が埋め込まれていて、ジークフリートの闇魔法の力を何倍にも跳ね上げていたのだ。

恐ろしい、悪夢のような一日だった。

あの日のことを振り返ると、今でも胃が痛む。演習を何度繰り返しても、一度の実戦には及ばないと思い知った日だ。あれほど簡単に人の命が奪われ、踏みつけられるのを、目の当たりにするとは。

飛び散る血や、人間の焼ける臭い、断末魔の悲鳴――闇魔法の一族を示す赤毛が不吉の象徴と言われている理由がよく分かった。ジークフリートは愉しげに人を殺していた。

冬季休暇で屋敷に戻ったレオンは、アルフレッドに王宮に呼ばれ、あの日の状況を報告しろと言われた。いつもなら手紙で報告するレオンだが、あの闘いだけはどうしても筆が進まず、放置していた。

「詳細はアボット中将から聞いている。だが、お前の口から聞きたいんだ」

アルフレッドの部屋で、レオンは仕方なく時間をかけてあの日の出来事を語った。思い出すと胸が苦しくなり、やりきれない思いが込み上げてくる。闘いそのものに関してではない。士官学校に入った以上、レオンも人の命を奪うことに関してはある程度の覚悟がある。

けれど、魔法を使えない一般兵士に対するジークフリートの圧倒的な闇魔法の威力は、闘いというのもおこがましいほど能力に違いがあった。あれは闘いではなく、ただの蹂躙（じゅうりん）、虐殺、非道な行いだった。ジークフリートにとって、一般兵士は地面を這う蟻（あり）程度の価値しかない。

「アルフレッド殿下……、闇魔法というのは何故存在しているのでしょう」

アルフレッドの部屋の長椅子に腰かけ、レオンは顔を覆って呻（うめ）いた。

「闇魔法の一族が根絶やしにされた理由が、あの時よく分かりました」

あれは存在してはいけない魔法だ。あらゆるものをこの世から消し去る。

「レオン、それは違う」

同意するとばかり思っていたアルフレッドが、静かな佇まいで否定した。レオンが顔を上げると、翡翠色の美しい瞳が憐れむように自分を見つめていた。

「俺は闇魔法の一族を根絶やしにしたのは、間違いだったと考えている。魔法は武器であり、道具だ。使う者次第なんだ。危険だからと除外しているだけでは、根本的な解決にならない」

アルフレッドは窓際に立ち、淡々と語る。

「しかし……っ、あんな恐ろしい真似をする闇魔法の一族を生かしておくのは危険では？　とうてい分かり合えるとは思えません、根絶やしにする以外、ないでしょう」

「レオン——何故その男を恐ろしく感じるのか、教えてやろう」

アルフレッドが窓から離れ、レオンの隣に腰を下ろす。レオンは引き寄せられるように、アルフレッドを見つめた。

「知らないからだ」

薄い唇から漏れる言葉に、レオンはハッとした。

「お前はその男を知らない。闇魔法を知らない。だから怖く感じるんだ。無知こそ、恐怖の根源だ」

アルフレッドの力強い眼差しに打たれ、レオンはまつげを震わせた。アルフレッドの言葉の意味は理解できたが、感情は理解することを拒絶した。

「俺はあなたのように理性的にはなれません……。次にジークフリートに会ったら、持てる力をすべて使ってあの男を倒します。俺はとてもあの男を受け入れる気にはなれない。あの男は、邪悪そのもの、抹殺すべき屑（くず）です」

レオンが決意を固めて言うと、アルフレッドは何か言いたげに口を開いた。けれど結局言葉は紡（つむ）がず、黙ってレオンの肩を抱いた。アルフレッドのぬくもりを感じ、レオンは何故だか泣きたいような感覚に囚われた。

人の熱を感じ、自分はあの事件で心に傷を負っていたのだと悟った。人前では平然としていたし、家族の前でもいつも通りにしていたのに。

「あの男は、この国を壊す。この国を守るため、何としても、この世界から消し去ります」

レオンは低い声で呟いた。それに対してアルフレッドは何も言わなかった。

最重要危険人物――ジークフリートの死を、レオンは何よりも願った。

2 消えた村

オスカー・ラザフォードがギフトを手に入れた瞬間から、ノアは何とも言えない嫌な感覚に囚われた。

ノア・セント・ジョーンズは直感や身体の信号というものを大事にしている。知識や理屈も大事だが、本当に重要な場面でものをいうのは第六感と呼ばれる能力だと信じている。

そのノアにとって、友人のオスカーという男は信頼できない性質を持っていた。ローエン士官学校で一年間相部屋だったたし、同じ魔法クラブに所属していたこともあって、傍(はた)から見れば仲が良く見えただろうが、根本的な面で信頼はしていなかった。人間性については、他人をとやかくいう権利はノアにない。冷たいとか、傲慢(ごうまん)だとか、情がないとか、小さい頃からさんざん他人からそう評されてきた。

実際のところ、自分は他人と比べて感情が薄いというのは理解していた。まず、他人に興味を持てない。美麗だろうが、醜悪だろうが、全部同じ物質にしか見えない。家族や長年従僕を務めているテオには多少なりとも情はあるが、それ以外は興味を持つことすら難しかった。

そんな自分と比べて、オスカーは明るく、誰にでも気さくな面を持つ親しみやすい人柄をしていた。恋をするのが好きなのか、しょっちゅう恋愛相手を替えていたが、それすらも彼の魅力のひとつになっていた。

だが、どれほど陽気に見えても、オスカーという人間の性質は特殊なのだと、初めて会った時から感じていた。こいつはいつか笑って俺を谷底に突き落とす。ノアにはそれがおぼろげに想像できた。

その印象は正しかったと、トルネリン村に入った時、痛切に思い知った。

トルネリン村は海沿いにある小さな村だ。漁業で生計を立てている者が多く、隣村との間に山が連なっているせいで人の往き来は少なく、村民たちは助け合いを大事にしている。

ノアは村の中央にある広場に立って、異臭に顔を顰めた。

視界の端には、喉元を掻き切った死体がいくつも転がっている。井戸にもたれた状態で失血死している者、広場の大きな木で首を吊っている者、家の庭先で心臓に鎌を食い込ませている者、さまざまな死体が、歩くほど目に入る。

恐ろしいことに、すべての村人が自死していた。

血の臭いと、汚物の臭い、そして言葉では言い表せない奇妙な空気がトルネリン村に充満していた。

（やってくれたな、オスカー）

この破滅的な状況を導いた男の顔を脳裏に浮かべ、ノアは怒りのあまり、異能力を発動しそうになった。首につけていたチョーカーが熱に反応し、軽い痺れをノアにもたらす。それで少し冷静さを取り戻し、深呼吸した。

ノアにとって、この世の何よりも大事な存在を連れ去ったオスカーに、眩暈がするほど憎悪が募る。

「信じ、られ、ない……、こんな……っ」

後ろを歩いていたレオンの声がして、ノアは振り返った。水魔法の直系であるレオンは、この村の惨状を見て、がくがく震えて地面に膝をついてしまった。顔面蒼白で、無数に倒れている死体を見据えている。

「こんなひどいことが……っ」

レオンの声がかすれているのに気づき、ノアはわずかながら同情した。

そして、ここに至るまでの道のりを思い返していた。

ノアがマホロや校長、護衛の近衛兵と共に、クリムゾン島にある立ち入り禁止区から戻ってこられたのは、出発から二週間経った頃だった。

魔法が使えない先住民の地で、ノアがもらったギフトのせいでマホロは死にかけたが、ぎりぎりのところで生還した。あれほど恐ろしかった日はない。自分の愛するものが自分のせいで死ぬ羽目に陥ったのだ。マホロが死んだら生きていけないと思ったし、もしマホロが死んだらマホロを死に追いやった原因のすべてを破壊するつもりだった。

無事に学校へ戻ってきて、マホロと愛を確かめ合った夜は、ノアにとって特別な日になった。

身体を繋ぐことはできなくても、マホロが生きているだけでいいと思ったし、二度とこの大切な命を危険な目には遭わせないと決意した。

　朝がくるまでマホロのぬくもりを感じ、何度もキスをした。ノアとしてはこのまま授業をサボってずっとマホロの熱を感じていたかったのだが、真面目なマホロはそれを許してくれなかった。

「ノア先輩、ちゃんと授業を受けなきゃダメですよ！　俺だって本当は学校に戻りたいのに、戻れなくてつらい思いをしているんですから」

　ノアのために朝食を作りながら、マホロが強く主張してきた。その上、野菜が苦手なノアの健康を考えて、野菜尽くしの朝食を用意してきた。他の者が作った料理なら「いらん」と言って投げ出すところだが、愛するマホロが作った料理なら食べねばならない。朝からうんざりするほど野菜を食べ、ノアはしぶしぶ学校に戻った。

　昼休憩の時間に、すでに嫌な予感があった。

　オスカーの姿が見当たらなかったので、廊下で出くわしたレオンをランチに誘ったのだ。オスカーはノアよりも早く立ち入り禁止区を出たのだが、左目を欠損したのもあって、テオによると授業をサボりがちという話だった。

　立ち入り禁止区へ同行できなかったレオンも状況を知りたいだろうと考えて、珍しくノアからレオンを誘った。テオは気をきかせて離れたので、ノアはレオンと窓際の席でランチをとった。ふだん同席しないノアとレオンが同じテーブルについたので、他の学生が遠巻きに眺めている。

「俺も話したいことがあったんだ。オスカーなんだが、戻ってきてからおかしくないか？」

　ランチのミートパイにナイフを入れて、レオンが眉を顰（ひそ）めた。

「ギフトをもらうと、おかしくなるんだよ。俺だって最初にもらった時は、しばらくおかしくなった」

初めてギフトを手にした後のことを思い出し、ノアは肩をすくめた。ギフトの異能力は厄介なのだ。ノアがもらったギフトは《空間削除》と《空間関与》。無機物も有機物も破壊できる力だ。感情が爆発すると勝手に発動されることがあって、よく屋敷の家具や建物を破壊したものだ。兄が根気よくつきあってくれたから制御できるようになったが、ギフトのせいで母親を亡くしたノアにとって、忌まわしい力だった。

「そういうものなのか……？　お前が戻ってくるまでの間に話を聞いたんだが、オスカーの異能力は人を眠らせるものなんだろう？　すでに風魔法で、睡魔の祈りがあるじゃないか。似たような能力を付与されて、腐っているんじゃないかと思うんだが」

レオンは他の人に聞かれないよう、声を潜めて言う。

「いや、それは違う。あいつの手にした異能力は風魔法のものとはまるで違う。俺もやられたが、もっと強力で、持続性があるものだった」

ノアは昼食のパンをちぎって、首を振った。立ち入り禁止区では魔法が使えなかったので検証できていないが、オスカーの異能力《誘惑の眠り》はすでにある睡魔魔法の睡魔の祈りとはだいぶ違っていた。花の匂いがしたと思った時には意識を奪われていた。何か微粒子が残るのか、同じ空間に入るとどんな生き物も眠りについてしまった。その能力が消えるまでに二日かかり、森の人が住む村に迷惑をかけた。

「そうなのか？　……それなら腐っていたわけではないのか」

レオンは腑（ふ）に落ちないといった表情で、ミートパイを咀嚼（そしゃく）している。

「何かあったのか？」

ふと気になってノアはレオンを促した。

「……こんなことを言うと、告げ口のようで気が引けるが、マホロが無事に戻ってきたという話をオスカーにすぐ知らせたのだが……その時のオスカーの態度が引っかかってな。ああ、オスカーからノアが二つ目のギフトをもらったという話は聞いている。その代償がマホロだったという話も。無事に戻ってこられて本当によかったな」

レオンはコーヒーを口にして、軽い吐息をこぼす。その時の状況が目に浮かぶようだった。レオンは善人だから、マホロが死にかけたと聞き、心を痛めたことだろう。以前からマホロを気にかけていたし、弱者には優しい男なのだ。

「オスカーは何て言ったんだ？」

ノアは頬杖（ほおづえ）をついて耳を寄せた。

「――ずるい、と言ったんだ」

その言葉が耳に入ってきたとたん、ざわりとした。ひどく嫌な感覚だった。同時に物騒な気配を漂わせてしまったのか、レオンが気遣うように周囲を窺（うかが）う。

「マホロは死んでないのか、ノアはずるいな、と……。あいつらしくない言葉だった。きっと左目を喪（うしな）ったことがショックだったのだろう。ノアが何も喪っていないように感じたのかもしれない」

ことさら声を落としてレオンが告げる。

「できればオスカーを気遣ってやってくれ。こういう些細な出来事で友情にヒビが入ることもあるからな」

レオンはオスカーの心情を心配してアドバイスしている。だがノアの内部では、まったく違う感覚が呼び覚まされていた。会った時から感じていたオスカーという人間への不信が膨れ上がっていたのだ。レオンはオスカーらしくないと言っているが、ノアにすればオスカーが素を出してきたという確信めいたものになっていた。

この時、すぐにでも校舎を飛び出し、教員宿舎にいるマホロに会いに行かなかったことを、ノアは後々まで悔やんだ。授業をちゃんと受けろというマホロの叱責があったので、授業が終わった後、訪ねるつもりだったのだ。

「向こうで見聞きしたものについて話せないというのは聞いたが、マホロは光魔法の一族だったのか？」

食後の紅茶を飲んでいた時、レオンがためらいながら尋ねてきた。

「ああ。……マホロは覚えていないようだが、森の人と呼ばれる先住民の近くに住んでいたらしい。そうじゃないと否定してほしかったがな。あいつは……特殊な生まれだった」

ノアはやるせない顔つきになり、カップの縁を指でなぞった。

「行くんじゃなかったと後悔したよ。俺が行かなければ、マホロは無事に帰ってこられたはずだからな……」

自嘲気味にノアが言うと、レオンが驚いたように目を見開いた。

「行かなかったお前が正解だ。お前はいつも——冷静で論理的で、俺は信頼している」

ノアは向き直り、レオンに静かに打ち明けた。レオンはあまりにもびっくりして、コーヒーのカップをひっくり返しそうになっている。そんなに驚くことだろうかとノアはムッとした。

「何を間抜けな面をしている？　俺が殊勝な発言をするのが意外だったのか？　今回の件では俺も思うところがあって、味方は多いほうがいいと今さらながら気づいた」

呆然としているレオンに皮肉っぽい笑みを向け、ノアは紅茶を口にした。香りに目を細め、極上の微笑みを浮かべる。

「もう行くよ。お前の顔を見て飲むお茶はあまり美味くない」

いつものように揶揄する口調になり、ノアは空の食器の載ったトレイを持ち上げた。レオンは珍しく焦った様子で「あ、ああ。お互いにな」と呟きながら、コーヒーにミルクを注いでいる。

レオンとはまるで仲良くないが、オスカーと違い、信頼できる人間だと最初から確信していた。この男は実直で、他人の目がないところでも不正な行為はしないし、国のために命を投げ出せる男だ。もし自分が国に反逆するような真似をすれば容赦しないだろうが、道理に沿った行動をしていれば裏切ることはない。

マホロを守るために、自分は変わらなければならない。

そんな思いで、ノアは午後の退屈な授業をこなしていた。

事態が一変したのは、授業が終わった後、マホロに会いに行こうとして寮を出た時だ。レオンが使い魔のドーベルマンと前を歩いていた。この先には教員宿舎しかなく、ノアは不審に思って声をかけた。

「ノア。実はオスカーの姿が見当たらない。今日はずっと授業をサボっていたようだが、部屋にもいないし、談話室にもいない。医務室のロッテからあいつに伝言を頼まれていてな、見つからないからこうして使い魔に匂いを追わせているんだ」

レオンはどこか落ち着かない様子で、オスカーの匂いを辿るドーベルマンを見ている。黒くしなやかな体毛の使い魔は、教員宿舎近くで、うろうろと同じ場所を回り始めた。

またざわりと、嫌な感覚が背筋を伝った。

「痕跡を消しているのか……?」

ノアは眉根を寄せた。オスカーはここへ何しに来たのだろう？　この先には教員宿舎か、でなければ演習場しかない。

「――まさか」

ノアは猛然と駆けだした。

「ノア⁉」

レオンが急に走りだしたノアに面食らい、大声を上げる。ノアは嫌な予感を振り払って、校長の宿舎へ向かった。庭先で、校長の使い魔であるロットワイラーが二頭、眠っていた。それを見た瞬間、頭にカッと血が上った。

「寝ているのか？　使い魔なのに、呑気な……」

追いついたレオンが、眠っている使い魔を見下ろす。ノアはそれを無視して、ドアを押し開けた。

——校長の宿舎には甘い匂いが漂っていた。とっさに鼻と口を手で覆う。床に、ロットワイラーが二頭、倒れている。部屋を見回したがマホロの姿はない。オーブンでアップルパイを焼いていたらしく、室内に充満している匂いはそれだろう。それに、微かな——花の匂い。

「マホロ！　どこだ⁉」

ノアは大声を上げてマホロを捜した。マホロがどこかへ消えるはずはない。元の姿に戻っているので、人目を避けるためにも校長が戻ってくるまでここに待機しているはずだ。ノアは寝室に続くドアを乱暴に開け、マホロの名前を呼んだ。

「何だ、これは？」

レオンはロットワイラーを起こそうとして、その身体に触れた。とたんに、くらりと眩暈がして床に膝をついた。

「気をつけろ、これは……オスカーの異能力だ！」

寝室から戻ってきたノアも強烈な眠気を感じて、頭を強く振った。急いでドアや窓を全開にしていく。それでも残っていた花の匂いで、意識を失いかける。魔法だったら術者もいないのに、こんなに力が残っているはずがない。

「これが……？　待て、魔法を……」

レオンが眠ってしまいそうな身体を起こし、覚醒魔法を詠唱する。ところがノアもレオンも襲いくる眠気を振り払えなかった。オスカーの《誘惑の眠り》は、覚醒魔法では消すことができない。何ということだろう。オスカーは、ここへ来た。マホロが隠れている校長の宿舎へ。何故？何の用で？

ノアは眠気を凌駕（りょうが）する、激しい憤（いきどお）りを覚え、天を仰いだ。

オスカーは、マホロを連れ去った――。

「オスカー……ッ!!」

ノアは身体の底から湧き起こる怒りに、立っているのも困難になった。息が荒々しくなり、全身が震える。自分の中で何かが繋がった。これまでにささくれのように引っかかっていた違和感が明確な形になった。

ただマホロに会いに来ただけなら、《誘惑の眠り》を使う必要はない。

（マホロをさらったな！）

ノアの叫びと共に、校長の部屋の窓ガラスが粉々に砕け散った。ノアの感情に共鳴するように、家具が破壊され、天井が傷つき、地鳴りさえ起きる。レオンは誰かの襲撃かと思い、とっさに杖を取り出して周囲を確認した。だが、すぐに破壊の中心がノアだと気づいた。それくらいノアは身体を震わせ、怒り狂っていた。

「ノア！　落ち着け！」

レオンは訳が分からないまま、ノアの肩を摑んで怒鳴った。ノアは凶悪な顔つきで振り返り、わなわなと身体を震わせた。その時いつも首につけていた銀のチョーカーが砕け、首から落ちた。それが床に跳ね返り、金属音を立てる。その音にノアはハッとして、身体を震わせた。

「……悪い、頭に血が上った」

ノアは蒼白な顔で、首元を押さえた。すると部屋の中を荒らしていた破壊が収まり、静かになった。レオンは絶句して、ノアを凝視している。

「……今のがお前の力、なのか？」

原形をとどめていない部屋を見回し、レオンが恐ろしげに言う。

「この部屋に残っている匂い、オスカーの《誘惑の眠り》だ。一度俺もかけられたから、覚えている」

ノアは部屋の中にマホロの行く先を示すものがないか、調べ始めながら呟いた。何か手がかりはないか、必死だった。マホロはまだ体力も戻っていない。一体オスカーはいつ、マホロを連れ去ったのか。いてもたってもいられず、ノアは外に出て使い魔のブルを呼び出した。

「ブル、マホロの匂いを捜してくれ！」

ノアがそう命じると、ブルは地面に鼻を押しつけ、あちこちを嗅ぎまわる。

「ノア、俺は教師に連絡をする。マホロを連れ去ったのがオスカーだなんて信じがたいが、もし事実なら大変なことだ」

ノアを追ってきたレオンが、困惑した様子で言う。頼む、とノアは頷いて、荒れ狂う心を必死に宥めた。怒りはそのまま破壊に繋がってしまう。今はともかくマホロの手がかりを摑まなければ

ば。必死に自分にそう言い聞かせて、ノアは消えたマホロの行方を追った。

マホロとオスカーの行方はようとして知れなかった。オスカーは逃げる際に痕跡を消す魔法を使っていて、ノアたちにはそれを追う術（すべ）がなかった。

魔法科のジョージと副校長も事情を知り、マホロの捜索に加わったが、夜、校長が戻ってくるまで、状況は変わらなかった。

「マホロ君がさらわれたって⁉」

予定を早めて戻ってきた校長は、血相を変えてノアたちに合流した。校長はマホロの足につけられた居場所を知らせる魔法具とリンクする魔法具を持っていて、すぐにマホロの行方を突き止めた。

マホロはすでに島を出ていた。船着き場にある船を使っていないことは判明している。オスカーはひそかに立ち入り禁止区に入り、そこからマホロを連れ去ったのだろう。船長が竜が数頭、島の近くを飛んでいたのを目撃していて、竜を使って逃げたと推測された。

マホロは勝手に移動してはいけないと軍から命じられている。その身が敵の手に渡ったら危険なものであるためだ。校長は魔法団に事情を知らせ、捜索の協力を依頼した。ジョージや副校長はプラチナ3であるオスカーを罪人のように扱うのは嫌だったようだが、異能力の痕跡からオスカーが犯した罪であることは明白だった。

マホロの居場所を知らせるはずの魔法具は、本土の海沿いの小さな村の辺りで消滅した。

「すぐに向かおう」

校長は魔法団に応援を頼み、船着き場に停(と)まっている軍船でそこへ向かうことを決意した。

「俺も行く」

ノアはすかさず声を上げ、切羽詰まった様子で校長を睨(にら)んだ。連れていかなければ、容赦しないと目で威嚇(いかく)した。校長は複雑そうな表情ながら「分かった」と言い、ノアの背中を叩いた。

「校長、俺も行かせてください」

ノアが暴走しないか心配だったのか、レオンも魔法団と一緒にマホロを追うことになった。魔法団からは四名の魔法士が船に乗り込み、すぐさま船を出発させた。

マホロの魔法具が消滅したのは、トルネリン村という海沿いの小さな村だった。陸からも軍の人間がその村へ向かっていたが、船のほうが若干早く着くだろうと言われていた。村に着くまでの七時間、ノアはずっと気が気ではなかった。

どうしてもっと早く気づかなかったのだろうと己を責め続けていた。

マホロの居場所を感じ取れる自分なら、マホロがいなくなった時点で、気づくべきだった。肝心の時に役立たない自分に、絶望していた。

オスカーが何故マホロを連れ去ったのか、考えたくはないが、最悪の展開が頭を過(よ)ぎる。マホロを自分のものにするためだけに連れ去ったとは、オスカーの性格上、考えにくかった。他人の恋人を寝取ってもいけしゃあしゃあとしている男だ。マホロに深い興味を抱いてはいたが、それだけで連れ去ったとは到底思えなかった。脅されてこんな真似をした可能性もあるが、最近のオスカーにそういった様子は見られなかった。

だとしたら、考えられる理由は一つだけだ。

オスカーは、ジークフリートと繋がっている。

（あの野郎……、この落とし前はお前の命で償ってもらうぞ）

ノアは憎悪を込めてオスカーの顔を思い浮かべた。ジークフリートが島に襲撃に来た際、オスカーは間違いなく学校側の人間として闘っていた。敵もオスカーだけ見逃しているという感じではなかったし、オスカーが手を抜いている様子もなかった。

だが、もともとオスカーはジークフリートに対して中立の立場をとっていた。ノアやレオンはジークフリートの本質に嫌なものを感じ毛嫌いしていたが、オスカーは親しげに話すことこそなかったものの、避けているそぶりもなかった。

（多分……オスカーはギフトを手にして、何かが変わった）

ノアはそう直感した。

（オスカーにもっと注意を払うべきだった）

尽きぬ後悔に悩まされ、ノアは怒りで何度も頭がおかしくなりそうになった。唯一の救いは、マホロが殺される心配はないということだ。

たとえジークフリートの元に連れ去られようと、マホロの身の安全だけは保障されている。魔力を増幅させる力を持つマホロの命を、敵はむざむざ奪ったりしない。

　夢のように幸せだった一夜から、一転して絶望的な夜を迎えていた。ノアはまんじりともせず、真っ暗な船の甲板で波飛沫を見据えた。

　夜明け頃、一艘の船が近づき、ノアたちが乗っている軍船に魔法団の魔法士が乗り込んできた。そのうちの一人がノアの兄であるニコル・セント・ジョーンズだった。ニコルは金髪に碧色の理知的な瞳を持つ端整な顔立ちの青年だ。魔法団の白に金色のアクセントが入った制服を身に着け、まず校長に挨拶した後、ノアの肩を抱いた。

「感情を制御しろよ、ノア」

　ニコルはノアの耳元でそう囁き、じっと目を見つめてきた。ノアは無言で頷き、ニコルの視線から逃れた。

「事情は聞いている。おそらくあと二時間ほどでトルネリン村に着くだろう。今のうちに、情報を共有させてほしい」

　ニコルは甲板に全員を集め、窺うような口調で話し始めた。校長を除けば、この場ではニコルの階級が一番上だ。ニコルが指揮を執るということだろう。

「マホロをさらったのは、オスカー・ラザフォードで間違いないか？」

ニコルは校長に確認するように尋ねた。

「おそらくね……。頭の痛い話だ。こうなってみると、オスカーを立ち入り禁止区へ連れていったのは大きな間違いだったと言わざるを得ないね。上には話しているが、オスカーがギフトで得た異能力は《誘惑の眠り》。生き物すべてを強制的に眠らせることが可能だ。花の匂いが特徴で、その効力は匂いが届く範囲に及ぶと考えられる。この眠りの魔法にかかると、覚醒魔法を使っても目覚めない。私の使い魔たちには覚醒魔法は効かなかった。使い魔を消そうとしたが、それも駄目。《誘惑の眠り》で眠っている間はどんな魔法も効果がないのかもしれない。しかもこれはオスカーのさじ加減次第と考えられるが、《誘惑の眠り》を発動した後、香りが続く限り何時間も効力がその場に残ってしまう。もし彼が術を発動したら、即刻離れることをお勧めするよ」

校長は滔々(とうとう)とオスカーの異能力について語った。魔法団の魔法士が驚愕(きょうがく)の色を浮かべる。

「その口ぶりだと、ギフトで得た能力のほうが魔法より上だと聞こえますが？」

魔法士の一人に訝(いぶか)しげに聞かれ、校長が神妙な面持ちで頷く。

「厄介なものだよ、ギフトで得たオリジナル魔法に詠唱は必要ない。本人の感情で発動が可能だ。ただ、オスカーの《誘惑の眠り》に殺傷能力はない。とはいえ寝ている間に一突きされたら終わりだから、無防備に立ち向かうのはやめたほうがいいだろうね」

校長が髪を掻き上げる。

「強力な風魔法で対抗するのはどうでしょう？　その匂いを吹き飛ばすような」

ニコルが目を細めて言う。

「なるほど。それはいい案かもしれない。その場から離れると同時に、風魔法で匂いを消す。それが現状考えられる一番いい手だろう。効くといいんだが」

校長が悩ましげに言い、魔法士たちがざわめきだす。

「それで、校長。オスカーはジークフリートの仲間だったのですか？」

ニコルが校長、と呼んだことで、ニコルもかつて校長の下で学んでいたのだと思い出した。

「信じたくないけどね……。前の事件の時は、間違いなく我々と共に本気で闘っていたよ。ノアとオスカー、レオンのプラチナ3は、前線でジークフリートたちと闘った。それに嘘はない。その後、ジークフリートから誘われたのか、あるいは元々スパイとして我々の傍にいたのかは不明だ」

校長が沈痛な面持ちで言う。レオンも暗い表情になり、うつむいてしまう。

「ノア、お前はよく一緒にいた。何か気づくことはなかったのか？」

レオンが顔を上げて、気まずそうに尋ねる。

「……左目を喪って、あいつの中で何かが変わった」

ノアは苛立ちを押し殺して、冷静に答えた。

「それは俺も感じていました。オスカーは立ち入り禁止区から戻ったあと、人が変わったみたいで……」

レオンはノアをフォローするように校長やニコル、魔法士に話した。

「よく一緒にいたが、俺は別にあいつを信用しているわけではない。言っておくけど、あいつに信念なんかない。あいつについては考えるだけ時間の無駄だ。次に会ったら、八つ裂きにする」

　ノアは青い瞳に薄暗い炎を宿した。

「今回の件は、風魔法の一族の長であるエミリー・ラザフォードにも知らせてある。かなりショックを受けていたそうだが……。現在のところ、オスカー・ラザフォードの扱いは、重要参考人を連れ去った咎だけで、ジークフリートとの共謀に関しては保留になっている。ノア、八つ裂きは駄目だよ。半死に留めておいて」

　ニコルが大真面目な顔つきでノアに諭す。ノアは鼻で嗤い、そっぽを向いた。

「オスカーの目的がマホロをジークフリートの元に連れていくことなら、今回、彼らのアジトを叩けるかもしれない。まぁ、マホロにつけた魔法具を壊された時点で、捕捉できる可能性は低いが……」

　ニコルは遠くに見えてきた陸地に目を向け、呟いた。

　この一時間ほど、船は最大速度で海を突き進んでいた。魔法士が魔法をかけて速度を上げているのだ。だがそれでも遅く感じられた。

「まだ着かないのか？」

　ノアはイライラして飛沫を上げる海面を睨んだ。

「あと少しで着くだろう。陸地からも応援部隊が駆けつけている。あまりイライラするな。お前の苛立ちは他人を萎縮させる」

　苦笑しながらニコルが言い、地図を取り出した。

「マホロが連れ去られた先は、トルネリンという小さな村だ。周りは山に囲まれていて、人の往き来は少ない。軍の応援は竜を使って山から来る。我々のほうが早く着きそうだから、先に村の様子を探りに行こう。もしそこに彼らがいたとして、マホロを人質にとられて立てこもられるのが一番困るな。彼の、魔法を増幅する力は厄介だ」

「一つ気になることが」

地図を眺め、校長が渋い顔つきで切り出す。

「マホロ君にはアルビオンという使い魔がついているはずなんだが、応答がないんだよね」

校長が言いづらそうに話す。ノアは鋭く目を光らせて、校長を見やる。

「応答がない、とは……？」

意味が分からなかったのか、レオンが口を挟んできた。マホロの使い魔は白いチワワだ。いつもマホロの後をくっついて歩いていたが、あまり役には立ちそうにない。

「マホロ君はあの通り、複雑な事情を持っているだろう？　だから以前少し彼の使い魔を預かり、メンテナンスと称して私にも呼び出せるようにしておいたんだよね。例外的な扱いだけど、万が一の時にマホロ君の居場所が分かるようにさ。ジークフリートの襲撃の際に、ノアとマホロ君が洞窟に逃げ込んだ時も、それで捜し当てた」

校長の説明にノアは不愉快になった。使い魔は、ある程度の力を持った魔法使いなら持てる自分の半身に近い魔法生物だ。ノアの使い魔のブルも、主であるノアの命令を忠実に実行し、絶対に裏切らない。本来、主以外に使い魔に命令できる人間がいるなんて、ありえないのだ。

「そう睨まないでおくれ。マホロ君の使い魔は、私が呼び出したものだからね。君たちは自分で魔法陣から呼び出しただろう？　自分で呼び出した使い魔には操作は不可能だから」

ノアとレオンの嫌悪を察したのか、校長が眉を顰める。確かに三年生になったらそれぞれ自分で使い魔を呼び出す呪文を詠唱して、使い魔を得る。だが、マホロに限っては魔力の暴走を避けるために校長が呼び出したのだ。

「殺されたのか」

ノアが忌々しげに唇を歪めて問う。使い魔は主である魔法使いが死なない限り、死なない。とはいえ、敵の攻撃で死ぬことはある。その場合、主である魔法使いの魔力は奪われても、再び呼び出せば、使い魔は蘇る。

「マホロ君と一緒にいるならアルビオンは私からの交信に応えるはずだ。ところが、捜索を始めてから一度も応答がない。推測するに、オスカーにさらわれた時点で、アルビオンは死んだ。その後も、マホロ君はアルビオンを呼び出せる状態にないんだろう」

やれやれと校長が海風になびく髪を掻き上げる。

「マホロはずっと眠らされているのかもしれない」

ノアはうつむき、歯ぎしりして言った。オスカーの《誘惑の眠り》はそれほど強力なのだ。

「マホロには強大な魔力がありましたよね。その魔力で敵から逃げたり、攻撃したりすることは可能では？　彼に人を殺すような真似はできないでしょうが」

レオンはちらりとノアを見て言った。ジークフリートの襲撃の際、最後の詰めの場面でマホロはジークフリートから逃げ出した。あの時はマホロが光の玉に包まれて、光線のようになって森に消えた。

「そう上手くいくといいが。あちらさんだって、それは分かっているだろうし……」

うーんと校長が腕組みして、目を伏せる。

「オスカーがジークフリートと組んでいると仮定して、オスカーやジークフリートの良心に期待したいものだね。しかし、彼らがマホロ君の意志など求めず、その身だけで充分だと考えるような極悪非道の奴らなら……」

「校長」

校長の話をノアは恐ろしい形相で遮った。万が一にもそんなことは起きてほしくない。

「分かっている、そんな目に遭う前にマホロ君を救い出す」

わずかに怯(ひる)んだ校長がノアから離れる。ノアは遮ったが、誰もが似たようなことを考えた。ジークフリートに慈悲があり、人権を尊重するような輩(やから)だったら、そもそもあんな事件は起こさない。

「――そろそろ着きそうだ。下りる支度を」

太陽がすべての海面を照らす頃、船は二時間かかる海域を一時間半で突っ切った。船着き場が視界に入り、陸地が徐々に露(あらわ)になる。これから上陸するトルネリン村は漁業が盛んな村で、本土の北西側に位置している。人口百人程度の小さな村で、雷魔法の一族であるユーノス・ジャーマン・リードを領主としている。ユーノスが所有する北西部の端には小さな村々が点在している。

今回、軍からの連絡を受け、船着き場にはユーノスが護衛の部下と共に待っていた。彼らも船で来たらしい。

「お待ちしておりました」

船からノアたちが下り立つと、三十代後半くらいの恰幅のいい男が近づいてきた。ユーノスは黒髪に青い目、えらの張った顔をした、がっしりした体形の男性だった。

「ダイアナ」

ユーノスは校長に気づき、一瞬呆れたようにぽかんと口を開けた。それから何とも言えない複雑そうな顔つきになり「何十年経ってもお変わりない姿で」と漏らす。雷一族の血も引く校長は、ユーノスとも顔見知りのようだ。

ユーノスはノアたちを海沿いに建つ簡易宿泊所へ招いた。簡易宿泊所は灯台に併設されていた。夜になると当番の者がそこで火魔法を使った明かりを朝まで灯して灯台を守っている。小さな村だが、砂浜には小型の船がいくつも並んでいた。本当にオスカーはマホロを連れてここへ来たのかと疑いたくなるくらい、のどかな風景だった。

「ユーノス、こちらは魔法団の副団長ニコルだ。今回の指揮を任されている」

校長はユーノスにニコルを紹介する。ノアは悠長に挨拶などしている場合ではないとカリカリしたが、領主であるユーノスにきちんと筋を通さなければ問題が起きた時に困る。魔法団の魔法士とはいえ、正当な理由があったとしても他人の領土に勝手に入り、攻撃魔法を使えば軋轢（あつれき）が生じる。

簡易宿泊所は、人々が集まって談話するための部屋と、ベッドのみ置かれた狭い部屋が三つあるだけだった。談話室には暖炉(だんろ)があり、木製のベンチがL字形に置かれている。壁には雷一族の紋章旗(もんしょうき)がかけられていて、その横には王家の紋章旗が並んでいる。

「事情はあらかた聞いていると思うが、重要参考人がこの村に連れ去られてしまった。魔法団の魔法士と軍の兵が入る許可をいただきたい」

軍の兵も、あと一、二時間で着く予定だ。ニコルの説明に、ユーノスは鷹揚(おうよう)に頷いた。

「了解した。今、部下の者を村へ偵察に行かせている。村の状況はそれで分かるだろう。だが、納得いかない点がある」

ユーノスは校長たちを順に見つめ、厳(おごそ)かに切り出す。

「ジークフリートの事件のお達しが来て、村に見知らぬ者や事件に関与したような風貌の者が現れたらすぐに知らせるよう指示している。しかし、あの事件の後、そんな報告は一切来ていない。それに灯台で見張っていた者も、竜は見ていない。本当にこの村に彼らは来たのだろうか？」

困惑したように問われ、校長たちは顔を見合わせた。窓から灯台の上部で見張りをしている者に校長が手を振ると、ぺこりと会釈してくる。

「村ぐるみでジークフリートを匿(かく)っているという可能性は？」

ニコルが聞きづらい質問をずばりと聞く。

「それはない。トルネリンの村人は素朴な人柄の者ばかりで、闇魔法の一族に加担するような性質の者はまずいない。週に一度は村長と警官隊に村の様子を報告させているが、脅されている気配はなかった」

　きっぱりとユーノスが答える。どういうことだろう？　ジークフリートの潜伏先の可能性もあると考えていたが、オスカーとジークフリートは無関係で、たまたまオスカーがマホロをこの村に連れてきただけなのだろうか？

「竜は灯台の見張りに気づかれないよう、山側から村に入ったのかもしれません。とりあえず、ユーノス殿の部下の報告を待ちましょう」

　ニコルが浮かない顔つきで村の方角に目を向ける。

「実はとっくに魔法具を外されていて、まったく無関係の場所に引っ張り回されたという可能性は？」

　レオンはハッとしたように口にした。校長やニコル、ノアは顔を引き攣らせたが、すぐにそれは打ち消された。

「あの魔法具を外した時点で、連絡がくるはずだ。魔法具はマホロ君のバイタルをずっと確認している。いやもちろん、私の知らない裏技を使ってバイタルをごまかしていたという可能性もなくはないけど。そんなすご技の魔法、見たことも聞いたこともない」

　校長に否定されて、ホッとした。ここまでやってきて、無駄足だったと思いたくはない。

「ああ、戻ってきました」

　ユーノスが窓に近づき、部下の顔を確認して、身体を硬くする。

「何か、あったようだ」

馬を走らせてくる部下の様子に、ユーノスはただ事ではないと察し、簡易宿泊所から飛び出した。ノアたちもすぐさま追いかけ、外へ出た。馬を走らせてきた部下の男は、ユーノスの前に血相を変えて駆け込んできた。

「た、大変です！　ユーノス様！　む、村人が、村人、が……っ」

馬から転げ落ちるようにして、部下の男がガタガタと震えだす。寒気が背筋を走り、ノアは最悪な何かが起きたと察した。

「どうしたというのだ!!」

ユーノスが部下の男の肩を摑み、怒鳴る。

「し、しん、死んでる……っ、死んでます……っ」

歯の根が合わないほど震えながら、部下の男は声を裏返らせて報告した。ユーノスが、「誰が死んでいるのだ！」と激しく叫ぶ。

「全員……っ、全員、死んでおります……」

この世のあらゆる恐怖を目撃したかのように、部下の男はか細い声で訴えた。ユーノスも、ノアたちも、同時に言葉を失い、固まった。全員、と男は言った。まさか。ありえない。

「村へ！」

ユーノスは馬に跨り、鞭を振るった。校長は箒を取り出し、浮遊魔法をかけた。魔法団の魔法士もそれぞれ箒を取り出し、それに跨る。浮遊魔法は魔法団か、魔法団に匹敵するくらいの能力を持つ魔法士のみに使える魔法だ。まだ学生の身であるノアとレオンは箒を所持していなかったので、ノアはニコルの後ろに、レオンは校長の後ろに乗って空を飛んだ。

　ニコルの背中を見ながら、ノアはじりじりと脳が焼きつくような焦りに襲われた。


　村に足を踏み入れたノアたちは、凄惨な現場に出くわした。

　ある者は家の中で、ある者は庭先で、道の途中で、店の前で、広場では集団で——すべての村人が亡くなっていたのだ。死因は刃物で咽を一突き、というのが多く、中には大きな木の枝にロープで首を吊っている者もいた。村中のいたるところに死体が転がっていて、誰もが呻き声しか上げることができなかった。それも仕方なかった。すべての村人は——自死していたのだ。

　ほとんどの死体の手には刃物が握られていて、自分で首を掻き切った後、倒れて出血多量で亡くなったようだ。だがそんな馬鹿な話があるはずがない。村中の人間が、子どもから年寄りまで自分から死を選ぶなんて。

　村中に血の臭いが充満していた。気分が悪くなったのか、レオンは胸を押さえて荒い呼吸を繰り返していた。その足は震えている。ノアは見なかった振りをして、村の中をマホロの手がかりを求めて走り回った。太陽が出ているというのに、辺りは静まり返って、自分の鼓動が大きく聞こえる。

「何という悪夢だ……」

ユーノスは真っ青になって広場の一角で立ち尽くしていた。広場には多くの死体が折り重なっていた。噴水の水に顔を突っ込んで溺死している者もいれば、大きな鉈で首を掻き切った者もいる。あちこちに血が飛び散り、壮絶だった。ノアはすべての家を見て回り、マホロの名を呼んだが、どこからも応えはなかった。

レオンは広場の隅で嘔吐している。その顔は血の気を失い、身体は今にも頽れそうだった。無理もない。あの時のジークフリートとの闘いのように——ここでも虐殺が繰り広げられたのだから。

「こ、これは一体、どうなっている……っ、ありえない、村中の人間が死を選ぶなど！」

魔法士の一人が生きている人間がいないかと必死に確認しながら、絶叫した。

「嘘、だろ……、こんなひどいことが……っ」

他の魔法士も、真っ青になって死体の前で拳を握っている。

手分けして生存者を捜し回ったが、無駄だった。村に知り合いがいたユーノスの部下は、死者の名前を叫び、号泣している。どの死体もおそらく、死後半日といったところだろう。

「校長、これはまさかジークフリートの闇魔法、なのですか？」

ニコルは子どもの遺体の前で息を呑み、ゆっくりと校長を振り返って言った。校長は悔しそうに唇を噛み、重苦しい息を吐いた。

「闇魔法の力だとしても、こんな大掛かりなものは見たことがない。前回闘った闇魔法の使い手に、これほどひどい真似をする奴はいなかった……」

校長の顔にもありありと困惑が浮かんでいる。

「確かに闇魔法のひとつに、相手を操って自死させるものは存在する。だがこんな大勢の人を自死させるなんて、不可能だ。ジークフリートに操られて自死している村民を見たら、ふつう逃げ出すものだろう？」

信じられないと言いたげな校長に、ノアは舌打ちした。

「ジークフリートのオリジナル魔法が関係しているんじゃないのか……」

ノアは冷たい視線を空に向け、呟いた。

ジークフリートが司祭に会い、異能力を得たというのは分かっている。けれどどんな異能力をもらったかまでは判明していない。

「ギフトの力で村人が全員自殺を図ったというのか⁉」

ようやく立ち上がったレオンが、やりきれない思いを怒鳴ることで解消しようとした。大声を上げないと、踏ん張っていられないのだろう。どこに目を向けても視界の隅に死体が飛び込んでくるのだから。

ノアは――他の者と同じように嘆くことはできなかった。ノアにとって大事なのはマホロだけで、見知らぬ者が死んでも、心は動かなかった。マホロがいないと分かった時点で、もうこの村に用はなかった。

「生存者がいました！」

ノアの耳に、魔法士の声が聞こえた。もしかしてマホロを見ているかもしれないと、ノアは気力を取り戻した。それまで悪夢に取り憑かれていたようだった皆の顔に一条の光が射し、急いで声のほうへ向かう。魔法士は井戸の傍にある木造の一軒家の前に立っていた。ドアが開いていて、陰から小さな男の子と女の子が怯えながら出てくる。

「子どもか！　無事でよかった！　もう大丈夫だ！」

ユーノスが駆け寄り、子どもたちを抱きしめた。小さな男の子は顔面蒼白で、女の子は震えてしがみつく。

「ち、地下にまだ……」

男の子がかすれた声で告げ、ユーノスの部下が家の中へ入っていく。地下室のある家だったらしく、ユーノスの部下は一歳くらいの赤ん坊を抱いて戻ってきた。堪えきれなかったのだろう、涙ぐんでいる。

「スザンヌの子どもたちだな？　一体、何があったんだ⁉」

ユーノスの部下が男の子に必死に語りかける。男の子は隣の家の庭で人が死んでいるのが見えたようで、悲鳴を上げて目をふさぐ。

「赤い髪の男が……赤毛の鬼がやってきたんだ……、あの歌は本当だったんだ……」

ガタガタと震えながら男の子が泣きだす。それを皮切りに赤ん坊と女の子も泣き叫びだした。パニックになって、手がつけられない状態だった。

「安全な場所に移動させよう。ここじゃ、神経がおかしくなる」

校長がユーノスの手から女の子を抱き上げ、背中を優しく叩きながら言う。

何が起きたかすぐにでも知りたかったが、子どもたちの恐怖に怯えるさまは見ていられず、ノアたちは子どもたちを連れて簡易宿泊所へ戻った。談話室に子どもたちを入れ、ベンチに座らせると、校長が温かいミルクをキッチンから運んできた。赤ん坊は魔法士が抱いている。

「お前たち！　どうしたんだ⁉」

子どもたちの姿を上から確認したのか、灯台の上で番をしていた男が下りてきて呆然とする。狭い村なので、見知った子どもらしい。ユーノスが村人は全員自死していたと告げると、「そんな馬鹿な」とすぐには信じなかった。けれどレオンたちの陰鬱な様子を見て、普通ではないと察し、顔を引き攣らせて、村へ駆けていった。

「子どもたちが落ち着く魔法をかけるよ」

子どもたちを椅子に座らせ、校長が杖を取り出して呪文を唱えた。リラックス効果のあるハーブの匂いがして、温かなものが心に広がった。子どもだけでなく、大人の動揺した心を鎮める効果もあった。レオンの顔色が少し良くなる。それでもしばらく子どもたちは声を発することさえできなかった。村へ走っていった見張り番をしていた男がふらふらしながら戻ってきて、「どうして」と喘ぐような息遣いで呟く。

「皆、死んでた、皆……俺の母親も……友達のマイクも……近所のサリーも……」

男は床に崩れ落ち、号泣し始めた。ユーノスの部下がその肩を抱きしめ、宥めている。

「何か異変に気づかなかったのか？」

泣きじゃくる男に、ベンチで難しい顔つきで腕を組んでいるユーノスが問う。

「な、何も……、むしろいつもより静かだったくらいで……、あんなひどいことになってるなんて……」

男は嗚咽しながらうなだれる。

「何故お前だけ無事だったんだ？　それに子どもたちも」

死体を前にしても終始冷静だったのは、ノアだけだった。ノアは村中の死体を見ても、感情が動かなかった。それが異常だというのは分かっていたが、取り繕うのも面倒だった。

「わ、分からない、どうして……、今朝まで皆ふつうだった……っ、自殺なんてするはずないだろ！」

男が怒りに囚われて拳で床を殴る。

「落ち着いて聞いてくれ。これはおそらくジークフリートのしでかした事件だ。赤毛の男がいたはずだ。現に子どもたちは赤毛の鬼が来たと言っている」

校長は男の横に立ち、優しく尋ねる。男はますます困惑したように首を横に振った。

「そんな男は見ていない。赤毛の男がいたならすぐに上に報告する……、よそ者なんてどこにも」

男が頑なに首を横に振る。するとそれまで震えていた男の子が、意を決したように口を開いた。

「皆、おかしくなったの。あの男が来てから……」

男の子のか細い声に、その場にいた全員が視線を向ける。男の子は小さな手を動かした。

「赤毛の男が村にやってきて、皆が騒いだの……。でもすぐに何もなかったかのように、赤毛の男をもてなし始めたの……。僕のママも、そうなの。でもパパが、何かおかしいって、お前たちは地下室に隠れてろって。その後、パパもおかしくなっちゃったの。村の皆、全員、あの赤毛の男のために何でもしたの……。目を見たら駄目だって思ったから、妹と弟と地下室に隠れていたの……」

男の子の告白は、身の毛もよだつものだった。

赤毛の男はジークフリートで間違いないだろう。ジークフリートは得体の知れない力を持っているようだ。人の心を操る力――だろうか。村中の人間を意のままに操れるなんて、相当すごい力だ。しかも操った村人全員を、自死させている。

「赤毛の男……？　赤毛の男……、赤毛の男……」

見張りの番をしていた男は何度もそう繰り返し、急にぼーっとした表情になった。ふいにその顔が強張り、わなわなとわななきだす。

「そ、そうだ、赤毛の男がいた……っ!!　仲間を引き連れていた！　何故俺はそんな大事なことを忘れていたんだ⁉　どうしてだ、俺はあの男と挨拶を交わした……っ、信じられない！」

男が何かを思い出したのか、パニックになって頭を掻きむしる。

「どうやらジークフリートのギフトは、人の心を操る能力――で、間違いないようだな。厄介な能力だ」

ため息混じりに校長が言う。

「彼は操られていたのに、どうして生き残った？」

ユーノスがこめかみに噴き出した汗を拭き、眉根を寄せる。

「俺が思うに、距離――ではないか？」

ノアは窓際に立って、流麗な眉を顰める。

「おそらく、ジークフリートのギフトは、距離が開くと解ける……。ジークフリートが去っていったので、魔法が解けたんだ」

目を細めてノアは指摘した。現状では、そうとしか考えられなかった。

「それは考えられる話だ。おそらくジークフリートはこの村に来た際、村人全員にオリジナル魔法をかけた。少年が言ったように、目を合わせるだけでも発動できるのだろう。灯台守をしていた彼も、一度は魔法をかけられた。闇魔法の男がいると報告がなかったのは、心を操られていたせいだろう。そしてジークフリートは、村を去る際に、闇魔法で村人を全員自死させた……。心が操れるなら、目の届く範囲に集めて闇魔法で自死させるのは可能だ。灯台守の彼は、運が良かったとしか言いようがない。存在を忘れられたおかげだろう」

校長が少女を抱きしめて話す。

「ジークフリートはどこへ向かった？　マホロの魔法具に気づいて、この村を消し去ったのだとしたら」

男の子たちは地下室にいたため、マホロの姿を見ていなかった。マホロの手がかりがなかったことに、ノアが焦れた口調で男に問うと、レオンが咎めるような視線を向けてきた。ノアが目を合わせると、気味悪そうに顔を逸らした。

「軍の応援が来ました！」

ユーノスの部下が駆け込んできて、高らかに報告した。

「遺体をあのままにしておけない。葬ってやらねば。校長、私と一緒に軍と打ち合わせを」

重い腰を上げてユーノスが言う。数時間前と比べると、一気に老け込んだようだ。

「俺たちはジークフリートの痕跡を探します」

ニコルは努めて冷静に言った。魔法団の魔法士はニコルに従い、ノアもその後ろについていった。ちらりとレオンに労(いたわ)るような視線を投げたのは、今回の件でレオンの心に大きな傷がつけられたのを察したせいだ。レオンは連れてくるべきではなかったのかもしれない。この男はジークフリートの邪悪さの前では、優しすぎて滑稽(こっけい)なほどだ。

「俺も行く」

本当はこの場に残っていたかったろうが、レオンは虚勢を張ってついてきた。

マホロがどこへ消えたのか、手がかりを探さねばならない。ノアは焦燥感に苛(さいな)まれ、髪を掻き乱した。

ジークフリートの魔法の痕跡は、村を出たところで途絶えた。おそらく竜で飛び去ったのだろう。竜の足跡が残っていた。

ジークフリート一派は意図的に魔法の使用を抑えていたらしく、魔法で痕跡を追うのは不可能だった。ただこの村にジークフリート一派がいたのは間違いなかった。竜の足跡や、彼らが暮らしていたらしき屋敷、生活の跡はすぐに見つかった。クリムゾン島から撤退した後、どうやらジークフリート一派は竜を使ってこの村へ逃げ込み、身を潜めていたようだ。村の奥に洞窟があり、竜が数頭いたことが、竜の糞や餌だったと思しき食べかけの果物が落ちていたことから判明した。

「竜を使って逃げたのか。だとしてもそう遠くへ逃げたとは思えない。竜の目撃証言を追おう」

ニコルはユーノスに馬の手配を頼み、魔法士に指示した。すでにとっぷり日が暮れていて、今夜はこれ以上の捜索は断念するしかなかった。

村では沈鬱な顔つきの兵士たちが、死体を広場に集めている。ノアたちも手伝い、死者を悼む気持ちを分かち合った。

「……もっと早く、オスカーの異変に気づいていたら、状況は違っただろうか？　ジークフリートが村人を皆殺しにする前に、何か手を打てたのだろうか？」

レオンがうつろな眼差しで呟くのを、ノアは黙って聞いていた。

ノア自身も尽きぬ後悔が頭を駆け巡り、気持ちは沈んでいた。行き場のない怒りが腹の中に渦巻いている。時間が経つほど神経は尖り、空気が張り詰めていく。

マホロが今どこで何をしているか想像し、ノアは絶望の淵に佇んでいた。

3 囚われの身

ジークフリートの目が金色に光った刹那、マホロの身体には透明な蔓が巻きついてきた。それは全身を縛り上げ、無数の棘でマホロを締めつける。声を上げようとしたが、咽からは何も発することはできなくなっていた。それどころか、指先ですら、動かなくなる。

（これは何だ⁉）

マホロはひたすら驚愕し、身体を動かそうとした。けれどどんなに足掻いても、身体からコントロール機能が失われていた。自分の身体なのに、思い通りに動かない。マホロは見知らぬ屋敷のベッドに座ったまま、硬直していた。

「厄介なものだな、オリジナル魔法というやつは。持ち主の感情によって、勝手に発動されるのか」

黒いスーツを着てマホロを見下ろしていたジークフリートが、忌々しそうに呟く。

オリジナル魔法――そうか、これがジークフリートの得たギフト。

マホロは目の前が暗くなった。オスカーに無理やりここまで連れてこられても、マホロはいざとなれば逃げられると思っていた。自分には大きな魔力があり、コントロールはできないが破壊的な一撃を起こせば、どうにかなると。だがそれは自分の意志で動くのが前提だ。マホロは必死に魔法を発動しようとした。けれど唇はピクリとも動かず、何の魔法も発動できない。

（ジーク様のギフトは……人の身体を操るもの……？）

遅まきながらそれに気づき、マホロは内心絶望した。オスカーの《誘惑の眠り》はどれほど抵抗しても眠らされてしまった。同じようにジークフリートの異能力のせいで、身動きがとれない。マホロは必死に動こうとした。懸命に身体に力を込めたが、やはり動かない。周囲の景色は目に入るのに、身体は人形のようだ。

ふと何かに気づいたように、ジークフリートがマホロの足首に触れた。マホロの居場所を知らせる魔法具を触っている。足首に嵌められた銀色の輪っかは、ジークフリートが小さく呪文を唱えると、一瞬のうちに凍りつき、砕けてシーツに落ちた。魔法具さえ無事なら、ノアや校長がマホロを追いかけてくれるはずだった。彼らはマホロがいなくなったことに気づいているだろうか？　ここがどこだかマホロには分からない。移動中はずっと眠らされていて、クリムゾン島からどれほど距離があるのかさっぱり分からない。

「マホロ、キスをしなさい」

ジークフリートがシーツに手をつき、抑揚のない声で命じる。嫌だ、と全身で拒否したのに、身体は勝手に動いて、ジークフリートの薄い唇に自分の唇を押し当てていた。ジークフリートとキスするのは初めてではなかったが、これまで軽い挨拶くらいのキスしかしていない。だからジークフリートの手がうなじを押さえ、マホロの唇に深く重ねてきた時は、鼓動が激しくなった。

ジークフリートはマホロの唇を吸い、角度を変えて唇のはざまに舌を滑らせる。

「何て味気ないキスだ。だが、今はこれで我慢しよう」

ジークフリートのキスが深くなり、長い指先がマホロの着ていたタートルネックの首元を下げる。ふっとジークフリートの目が険悪な光を放ち、着ていたセーターが刃物で切られたみたいに胸の辺りまで裂けた。

「これは……まさか、あの男の残した痕か？」

マホロの身体をベッドに押し倒し、ジークフリートがマホロの首筋や胸元に残っている痕を睨みつける。ぞくぞくっと怖気が背筋を伝い、マホロはジークフリートに殺されるのではと思った。それほどの怒りと恐怖を感じた。ジークフリートは信じられないものを見る目つきで、マホロの身体を確認していた。ジークフリートはノアが火魔法の一族だから、マホロとは関係を持てないと思い込んでいたのだろう。実際、オスカーに襲われかけた時も、性的な触れ方をされただけで魔法壁が生じた。だから、マホロの身体に情事の痕が残っていることに、驚いているのに違いない。

「どういうことだ……？　何故、あの男がマホロに触れられる……？」

マホロの肩を鷲掴みにして、ジークフリートが不穏な気配を漂わせた。マホロは身体の自由を奪われているので、ただ人形のように転がっていた。表情には微塵も表れなかったが、内心ではジークフリートに対する恐怖と、摑まれた肩の痛みにもがいていた。ジークフリートは怒りで力の加減を忘れ、マホロの肌に食い込んだ爪の下には血が滲んでいた。

――ノックの音がして、ジークフリートはハッとしてマホロから手を放した。

「ジークフリート、そろそろ移動しないとやばいだろ」

ドアが開いて、ひょうひょうとした態度の金髪の男がのっそりと姿を現した。黒い革のコートを着て、黒いブーツを履いている。二十代後半くらいの男だ。ジークフリートの傍にいる人間にしては、媚びへつらう様子がない。

「分かっている、レスター」

この男が、校長が言っていたレスター・ブレアか。ジークフリートはゆらりとベッドから下り、冷たい視線をマホロに向けた。

「マホロ、常に私の傍にいなさい」

怒りをはらんだ口調で命じられ、マホロは機械的に起き上がった。逃げたいと思っても、身体は勝手に動きだし、「はい、ジーク様」とベッドから下りて無表情で呟く。

「何だ、異能力を使っちまったのかい？　マホロちゃん、操り人形になっちゃってるじゃないの。はははは、ジークフリート。衝動を止められなかったのか？」

からかうような口ぶりでレスターがドアにもたれかかる。じろりとジークフリートが睨みつけても、レスターは気にすることなく笑っている。ジークフリートの傍にいるのは信奉者か、能力を認められた者だけだ。レスターは《獣化魔法》という異能力を持っていると校長が言っていた。

「ジークフリート様、コートを」

部屋を出ると白い床の廊下が続いていて、奥から目尻にほくろがある黒く長いうねった髪の女性が、ジークフリートにコートを差し出してきた。マリー・エルガー。かつてローエン士官学校でカウンセラーをしていた。マリーはジークフリートの信奉者で、マホロに気づくと憎々しげに睨んできた。しかし、マホロが無表情でジークフリートに従っているのを見て、一転して嘲るような表情に変わった。

「ジークフリート様、マホロの心を奪ったのですね。そうするべきだと思っておりました。身体だけあれば役に立つのですから――」

マリーはジークフリートにコートを手渡し、媚びるように言い寄り添った。だがそれはジークフリートの「黙れ」という苛立った声で突っぱねられた。常にジークフリートを悦ばせようと思っているマリーは、自分の何がジークフリートの癇に障ったか分からず、青ざめて身を低くする。

「も、申し訳ございません」

頭を下げるマリーを無視して、ジークフリートは屋敷の正面玄関に向かう。玄関を出るとレスターが招集をかけ、ジークフリートの部下の男たちが瞬時に集まってくる。その中にはオスカーもいて、眠そうにあくびをしながら屋敷の門の前にやってきた。

「また竜に乗るの？　ふかふかのクッションを用意してくれないかな」

寝ているところを起こされたのか、オスカーは髪を手で掻き乱しながら言う。人数は全部で三十人前後だろう。ここに隠れていたのか。マホロはこの事実を早く校長に知らせたかった。オスカーの背後には、竜使いのアンジーもいる。信奉者たちと違い、どこか不服そうな態度で地面に視線を向けていた。

「――次の場所へ移動する。私は一足先に向かい、村の人間の心を掌握する。竜で移動できない者は、馬を使って移動するように」

ジークフリートがその場にいた男たちに命じる。はっ、という応答の声がいっせいに響くと、男たちが慌ただしく行動を始める。ジークフリートが門を出て、村を歩き始めた。少女や老夫婦と途中ですれ違ったが、どの顔もジークフリートを見てにこやかに微笑み、「あなた様のために」と深々と頭を下げる。

「村人は広場へ集まれ」

ジークフリートがそう告げると、どの村人も「はい、ジークフリート様」と頷いて、ぞろぞろと歩きだした。村人の目は焦点が合っておらず、見ていてゾッとする光景だった。ジークフリートは村中の人間を操っているのだ。だから誰も通報しない。

ジークフリートは広場らしき場所へ真っすぐ向かった。その横にはオスカーやレスター、アンジーとマリー、見知らぬ銀縁眼鏡の男がいる。

「あれ、マホロ。どうしたの？」

歩いている途中でマホロの異変に気づき、オスカーが顔の前で手をかざす。何の反応も返さないマホロを見て、オスカーが嫌悪感を露にする。

「ジークフリート、どうしてマホロの意志を奪った？　これじゃつまらない。お人形さんじゃないか、元に戻してくれ」

オスカーは不満そうに声を荒らげる。戻してほしいとマホロも願った。

「戻しかたは知らない」

それに対するジークフリートの答えは素っ気ないものだった。ジークフリートは人の心を操る異能力を手に入れたが、それを解除する方法には興味がないようだ。これでは一生自分は意識を奪われたまま過ごすことになる。絶望的な気分になり、マホロは懸命に自分の力で動こうと念じてみた。何も変わらない。神経がどこかで途切れてしまったみたいに、瞼さえ震えない。

「はぁ⁉ 何それ！ おいおい、がっかりさせないでくれよ。何のためにマホロをさらってきたと思ってる？ こんな人形にするためじゃないよ！」

「うるさい、無礼な口をきくな！ ジークフリート様に対して失礼だろう！」

勝手な発言をするオスカーに腹を立てて、マリーが割り込んでくる。ジークフリートは二人の言い争う声を無視して、広場の中央にある女神像の前に立った。

「精霊テネブラエよ――」

ジークフリートは傍らに立っていたマホロの前で、杖を天に掲げた。オスカーとマリーがハッとして視線を地面に落とし、レスターやアンジー、銀縁眼鏡の男がジークフリートに背中を向ける。

「ここに集い、村中の人間に寄り添い、その命を搦め捕れ――」

ジークフリートは呪文を唱え、杖をぐるぐると動かした。とたんに、地の底から得体の知れない気持ち悪い何かが這い上がってくる。足元を霊気が漂い、村中に不穏な空気が流れる。オスカーが気味悪そうに口元を覆い、近くにいた村人から目を背けた。オスカーには何かが視えているようだ。

「さぁ、私の可愛い村人たちよ。私のために命を捧げておくれ」

聞いたことのないような優しい声音で、ジークフリートが声を響かせ、次々と村人の肩を叩いていった。何を言っているのだろうとマホロは困惑した。すると、ジークフリートに肩を叩かれた男が懐からナイフを取り出し、自ら首を掻き切った。

男の首から真っ赤な血が噴き出し、よろよろと崩れるように地面に倒れ込む。

「うわぁ」

レスターが嫌そうに顔を背ける。

「これが闇魔法……」

アンジーは顔を覆い、おぞましいものを見る目でジークフリートを凝視する。マホロは目の前で起きている出来事が理解できなかった。男を助けなければと思うのに、四肢は動かず、地面に倒れた男が痙攣しているのを見ていることしかできない。何故、この男は自殺をした？　そう思う間もなく、背後から次々に人が倒れていく音が聞こえ始めた。

広場に入ろうとしていた男女四人は、男が持っていた鎌を順番に使い、次々と自ら首を切って倒れ込んだ。それだけではない、反対の方角にいた老人も自ら首を絞め、もがき苦しんでいた。自死を何かの作業のように行っていた。

――ジークフリートに肩を叩かれていった村人が、全員、自殺を図っている。

「ああ、何という素晴らしい魔法だ……」

銀縁眼鏡の男が、うっとりと死んでいく村人を見ている。これがジークフリートの闇魔法なのか。信じられない。どうして自ら死を選ぶのか。マホロは必死に手足を動かそうとした。自殺を止めなければ、死を回避させなければと念じた。だが何も変わらない。マホロは人形のようにジークフリートについて歩くだけ。

「俺はこういうのは嫌いだよ。まさか村中の人間を殺すわけ？」

血の臭いが漂ってきて、オスカーが鼻を押さえて言う。

「貴様、ジークフリート様に物申すとは」

マリーが顔を歪めてオスカーに詰め寄る。

「マリー。彼はいい」

ジークフリートはオスカーの物言いが嫌いではないらしく、気色ばむマリーを手で制した。

「お前たちは先に竜のところへ行け」

ジークフリートが村の出入り口を指で示すと、オスカーやアンジー、レスターが従順に離れていった。ジークフリートは銀縁眼鏡の男とマリーを従えて、村内を歩きだす。一緒にいたくないのに、マホロはジークフリートの横にぴったりとくっついて歩いていた。

（ああ……また、だ……）

あちこちで苦しんでいる人がいた。多くの者は刃物で首を掻き切り、亡くなっている。大人から子どもまで、家の中や、道の途中、牛舎の中、屋根の上で息絶えている者までいる。

（俺はまた、ジーク様が人を殺すのを止められなかった……）

絶望を、これ以上ないくらい、感じていた。マホロによって増幅されたジークフリートの闇魔法の力は絶大で、村中の人間を自死させる力を持っている。マホロには理解できない。どうして死にたいと願ってもいない村人たちが、自ら刃を突き立てるのか。

「素晴らしい……、夢のような光景です。ジークフリート様、あなたの傍にいると、私は……永遠に続く絶頂を味わえる」

銀縁眼鏡の男は大量の死体を眺め、恍惚となった。

「ふん、死体愛好家が。気色悪い」

マリーは銀縁眼鏡の男が好きではないらしく、忌々しそうに舌打ちする。ジークフリートは村中の人間が死んでいるのを淡々と確認している。この銀縁眼鏡の男は何者だろう?

「全員、死んだようだな。行こう」

ジークフリートは村内を見て回り、何の興味もなさそうに背を向けた。マホロは深い絶望を覚えながらも、ジークフリートの傍を離れなかった。どんなに念じてみても、身体の自由は利(き)かない。多分、死んでいった村人たちも、同じような気持ちを味わっていたに違いない。ジークフリートのオリジナル魔法はどうやったら解けるのだろうか。

(俺はこのまま……ジーク様の隣で、人殺しの手伝いをさせられ続けるのだろうか……。一生身体の自由を奪われて……)

人形のように扱うなら、感情も奪えばよかったのに。心だけは自由で、目の前で人が死んでいくのをただ見ていることしかできない。涙ひとつ流せずに。心はこんなに苦しくて張り裂けそうだというのに。

（もう嫌だ……、いっそ死にたい……。俺がいる限り、ジーク様の魔法は強くなるばかりで……、今の状態ではたとえノア先輩が助けに来てくれても、俺は抗えない……）

マホロは鬱々（うつうつ）として、どうにもできない現状を憂えた。自分の大切な人が同じように殺されたらどうすればいいのだろう。

こんなことになるなら、ジークフリートと話した瞬間に部屋を破壊してでも逃げるべきだった。ジークフリートの気持ちを知りたくて、会話を交わした自分が愚かだった。ジークフリートは本当に自分の考えが及ばない化け物になってしまった。

『私に運命の相手がいるとすれば、それはお前だと思っていた』

ジークフリートに言われた言葉が頭に蘇り、胸が痛んだ。

ジークフリートは幼い頃に自分が闇魔法の血族だと知り、隠れて暮らすのではなく、この国を乗っ取ることを選んだ。強者らしいジークフリートの考えだ。もしも隠れて生きる道を選んでくれたなら——もし事件を起こす前に、ジークフリートが自分の出自を明かし、隠れ住むからついてこいと言えば、マホロは間違いなくそれに従った。マホロにとって、ジークフリートは幼い頃から従ってきた主だったからだ。だがジークフリートはマホロの意志を確かめず、もっとも残虐な道を歩み始めた。

人を殺してはいけない理由などない、とジークフリートは言った。

けれど、人を殺していい理由も、また存在しないとマホロは思う。

マホロは人が殺されるさまを見たくない。生理的にも倫理的にも、これだけはどうしても受け入れられない。ジークフリートが人を殺せば殺すほど、かつて誰よりも近くにいた存在が遠く離れていくのを感じる。

「出発しよう」

ジークフリートは村境にある木門を出ると、待っていたオスカーやレスター、アンジーに声をかけた。村の出入り口の開けた場所に、二頭の竜が苛立った様子で羽をばたつかせている。アンジーは嫌悪するようにジークフリートを見やり、竜の背中に飛び乗った。

（竜使いのアンジー……。彼はジークフリートの信奉者ではない……？）

マホロは一人一人の放つ気を慎重に読み取っていった。誰かに助けてもらうしかないが、ジークフリートを裏切りそうな面子（メンツ）は見当たらない。オスカーは完全にジークフリートの配下というわけではないように見えるが、マホロをさらってきた彼が逃がしてくれるとは思えない。レスターは初めて見る顔だし、何を考えているか分かりづらい。マリーと銀縁眼鏡の男は到底無理だろう。その中で唯一、アンジーだけは他の者と様子が違った。好き好んで仲間になっているようには見えなかった。おそらく、竜を操る能力があるため、ジークフリートに脅（おど）されるか弱みを握られて、仕方なく手を貸しているのだろう。

「乗れ」

アンジーの合図で、ジークフリートがマホロを抱きかかえ、竜の背中に乗った。アンジーの乗った竜には、マリーも乗り込んでくる。もう一頭の竜にはオスカーとレスター、銀縁眼鏡の男が乗り込んだ。

竜は黒い羽をばたつかせ、浮上した。

（また……離れていく……）

マホロはジークフリートの腕に抱かれ、小さくなっていく村を悲しい思いで見つめる。ここにいれば、魔法具の追跡で発見してもらえたかもしれないのに。魔法具は壊されてしまい、求める人は現れなかった。

（本当に誰か、俺を捜してくれているだろうか？　ひょっとしたら、まだ誰も俺が消えたことに気づいていないかも）

そう考えると、心の中が真っ暗になる。ノアに抱かれ、満ち足りた想いに包まれていたのが、もう遠い昔の話のようだ。

竜の背に乗り、村が遠ざかっていくのを、マホロは歯がゆい思いで受け入れるしかなかった。


ジークフリートたちを乗せた竜は、北東の方角へ羽ばたいた。二時間ほど、竜は追い風に乗って上空を移動した。いくつもの山を越え、村落を通りすぎた。アンジーは指笛と独特な鳴き真似で竜を操っていた。やがてひとつの村を目指して、竜が下降を始めた。

中央の大きな広場に竜が近づくと、下で村人たちが騒いでいるのが分かった。突然竜が降りてきたのだ。恐怖を感じて逃げ惑う女性や子どもがいる一方、武器を携えて飛び出してくる若者もいた。だが、竜の背中に人が乗っていると気づくと、武器を構えていた男たちが安堵したように武器を下ろしていった。人を騎乗させている竜は、野良の竜と違い、人を襲わないからだ。ジークフリートは村人の顔がはっきり見える距離まで近づくと、マホロの身体を抱き寄せ、目を金色に光らせた。

「うう……」

「何だ、これは……」

ジークフリートと目が合うと、村人たちは持っていた武器を地面に落とし、うつろな目つきになって跪(ひざまず)いた。

ジークフリートは竜から飛び降り、広場に集まっていた村人をぐるりと見回した。続けてもう一頭の竜が近くに降り立ち、乗っていた面子が降りてくる。

先ほどまでいた村より大きく、店や教会、工房などもあるそれなりの規模の村だった。竜で移動したので、地図上のどこにある村なのかは分からない。近くに川があったし、遠目には領主の城らしき建物も見えた。

「目が合わないと、《人心操作》が使えない……。効き目も同じだ。ギフトの能力は増幅されないのか……」

ジークフリートはその場にいた村人を全員跪かせると、かすかに眉根を寄せてマホロを見た。マホロには魔法の威力を増幅させる竜の心臓から造られた魔法石が埋め込まれている。だが、今のジークフリートの言葉から判断すると、ギフトで得た異能力には無関係のようだ。少しだけマホロは安堵した。

「村を制圧してくる」

ジークフリートはマホロをレスターに預け、村人たちを集めた。ジークフリートの異能力で、村ごと乗っ取る気らしい。ジークフリートが何事か囁（ささや）くと、村人たちは目に尊敬の念を浮かべてジークフリートに頭を下げてから四方に散っていった。

「うわぁ、気持ち悪いね」

ジークフリートが人々の心を操っている様子を井戸の傍で眺めながら、オスカーがおかしそうに言う。不敬ととったのか、マリーがオスカーをぎろりと見た。

「素直な感想だろ。皆、人形みたいになって、手っ取り早いけど、気色悪いよ」

手をひらひらとさせてオスカーがレスターに近づく。レスターはマホロをじろじろと眺めて、白い髪を指先で摘む。抵抗できない状態で見知らぬ男に触られるのは不快だった。突き飛ばすこともできないなんて、情けない。

「あんたはジークフリートに信頼されてるのかな？　マホロを預けるくらいだから」

オスカーはマホロを挟んでレスターに話しかける。レスターはオスカーをちらりと見て、にやりと笑った。

「消去法だろ。俺が一番無害に見えたんじゃないの？　それにしてもこの子、ホントに真っ白だね。光魔法の一族だっけ？　司祭以外で初めて見たよ」

レスターはマホロの頭をぽんぽん叩き、珍しげに首をかしげる。

「変な魔法をかけられて、嫌だなぁ。こんな抜け殻みたいになるなら、さらってこなかったのに」

オスカーがマホロの肩に手を回し、レスターから引き離す。オスカーの大きな手で髪を掻き回され、頰を撫でられた。

「貴様、そいつに勝手なことをするとジークフリート様の怒りを買うぞ」

マリーが咎めるように声を荒らげる。銀縁眼鏡の男はマホロに興味がなく、アンジーは竜のために井戸から水を汲んでいる。

「ジークフリートはおっかないけどね。マホロを可愛いと思う気持ちも止められないよね。こんな抜け殻なのに、精霊がまだいる。不思議だなぁ、この子」

オスカーはマホロの顎を引き寄せ、ふいに口づける。とたんにびりっと静電気が走り、オスカーが手を離す。

「キスも駄目なの？　あいてて。唇痺れた」

オスカーが痛そうに口元を押さえる。傍からそれを見ていたレスターが驚いたように、マホロの顔を覗き込む。

「へぇぇえー。今のが、光魔法の一族が見せる拒絶？　話には聞いていたけど、本当に許さないんだ？　こりゃすげぇ、貞操帯だ」

「マホロに興味湧いてない？」

オスカーに揶揄され、レスターがおかしそうに笑う。

「そりゃ湧くだろ。あんな平気で人を殺しまくる魔王の掌中の珠なんだから。心を喪った魔王が、この子には感情を揺さぶられている。《人心操作》を使ったってことは」

「――何をしている」

マホロを囲んで軽口を叩き合っていたレスターとオスカーが、ジークフリートの声に慌てて手を離す。ジークフリートは冷ややかな視線を二人に向け、顎をしゃくった。

「村は制圧した。移動するぞ」

ジークフリートはマホロの肩を抱き寄せ、有無を言わせぬ口調で伝えると背を向けた。ジークフリートの前に身なりのいい白髪の老人が近づき、にこやかに会釈する。

「ジークフリート様、村長のマイクです。どうぞ我らの屋敷へ。一番良い部屋を用意します」

マイクと名乗った老人は、まるで女王陛下がやってきたかのように、うやうやしく礼をする。

マイクの案内でマホロは村の奥に建てられた大きな屋敷に招かれた。広い庭に色とりどりの花が植えられていた。二階建ての石造りの屋敷の中から、この家の主の妻らしき白髪の老女が姿を現した。白髪の女性は突然訪れたジークフリートやマホロ、レスターやオスカーに困惑する。

「アンナ、この方はジークフリート様だ。高貴な方だから粗相のないように」

マイクがそう言い終えた頃には、白髪の夫人――アンナはジークフリートに微笑みを浮かべていた。

「ようこそ、おいで下さいました。どうぞ中へ」

アンナは焦点の合わない目でジークフリートを招き入れる。屋敷の中に入ると、使用人の若い女性が深々と頭を下げる。使用人の若い女性はすでにジークフリートに心を奪われていた。

「後から部下がやってくる。彼らにも住居を」

ジークフリートは村長にそう告げ、マホロの背中を押した。村長は「分かりました」と頭を下げ、手配をすると言って屋敷を出ていく。

「ジークフリート様、どうぞこの部屋をお使い下さい」

アンナに二階の南側に位置する部屋に案内された。客間のようで、清潔なベッドとクローゼット、テーブルや長椅子が置かれていた。

「お連れの方は隣の部屋を」

レスターやオスカー、マリーや銀縁眼鏡の男も近くの部屋を宛がわれる。竜使いのアンジーは、アンナに近くに洞窟がないか聞いている。村の外れにあると聞くと、竜と共にそっちで眠るとジークフリートに告げた。ジークフリートはアンジーが逃げるとは微塵も考えていないようで、それを許した。

「この村に潜伏するのか?」

使用人が消えると、客間に全員が集まり、レスターが問いかけた。

「ほんの数日だ。マホロを手に入れた以上、長くここにいるつもりはない。情報を手に入れたら次の行動に移る」

ジークフリートは長椅子に腰を下ろし、マホロを隣に座らせる。レスターとマリーは窓際に立ち、銀縁眼鏡の男はジークフリートの傍に立った。オスカーは勝手にベッドに腰かけている。ジークフリートは銀縁眼鏡の男に顎をしゃくった。

「はい。事前調査によれば、この隣の村に休暇中のシャルル・ドーンという魔法団所属の男がいるはずです。明日にでも、身柄を拘束したほうがよいかと」

銀縁眼鏡の男が流暢に述べる。

(魔法団の男……?)

マホロは不安になった。ジークフリートは今度は何をする気なのだろう?

「魔法団の男を捕らえるなんて大変だね。まぁ、俺とジークフリートの力があればたいしたことないけど」

オスカーはベッドの硬さを確かめながら、薄く笑う。

「でも俺はやらないよ。マホロがそんな状態にされて、怒ってるからね」

あっさりとオスカーが協力を拒絶し、こめかみを引き攣らせたマリーが詰め寄る。

「貴様、何様のつもりだ！　たかがギフトを手に入れたくらいでその態度……っ!!」

「マリー」

気色ばむマリーをジークフリートが制する。ジークフリートとオスカーの視線が一瞬交差し、部屋の空気が緊迫した。

「オスカー。銃の早撃ちでもしたいのか？　私とお前の力、どちらが勝っているのか——」

ジークフリートは氷のように冷たい眼差しをオスカーに注いだ。オスカーは黙って薄笑いを浮かべながらジークフリートを見る。他人の心を操れるジークフリートと、どんな相手も眠らせるオスカー。いっそこの二人が仲違いしてくれればとマホロは期待した。だが二人とも、冷静だった。

「まさか。そんな馬鹿な真似はしないよ。わざわざマホロを連れてきてやったのに。ただ、言いなりになると勘違いされちゃ困るってことさ。ジークフリート、あんたは人の心を操れる。でも操った人間に異能力や魔法を使わせるのは無理だろう？」

オスカーは立ち上がって、両手を広げた。

（そうなのか……⁉　確かに魔法を使うには精霊の力を借りなければならない。操られたままでは精霊を呼び出せない……。同じようにギフトで得た異能力も、操られた状態では使えないのか）

マホロはもどかしい思いで彼らの会話を聞いていた。この情報を校長やノアに伝えたい。

「そうでなけりゃ、とっくに俺たちの心も操っているはずだ。だから、俺をあんたの部下と同じように扱うのはナシだ。対等な立場として、言っておきたいことがある。さっきの村みたいに村人に首を斬らせるのは駄目だ」

ジークフリートの向かいに置かれた一人がけの椅子に座り、オスカーが言う。もしかしてオスカーも虐殺に反対なのかとマホロは希望を持った。しかし、その希望はすぐに打ち砕かれた。

「血の臭いがひどくて精霊があっという間に消えてしまったじゃないか！　精霊は血の臭いが大嫌いなんだ。次にやる時は、出血しない方法でやってくれ」

オスカーが力説し、レスターが呆れたように笑う。

「死ぬのはいいのかよ？　この兄ちゃん、爽やかな顔しておっかねーわ」

レスターに眉を顰められ、オスカーは眼帯の目を弄る。

「俺は俺以外の人間がどうなろうと、別にいいよ。でも今のは大切な話だ。ジークフリート、それを守ってくれなければ、手を貸せない」

微笑みを浮かべながら言うオスカーに、ジークフリートが鷹揚に頷く。

「善処しよう」

抑揚のない声で答え、ジークフリートはドアに目を向けた。ちょうど使用人の女性が人数分のお茶を運んできたところだった。

「お話はお済みですか？　ではシャルルについて――」

銀縁眼鏡の男が、使用人が部屋を出ていくと咳払いして話を続ける。

シャルル・ドーンは土魔法の一族の男で、身重の妻と共に実家である隣村に帰省しているようだ。銀縁眼鏡の男は、シャルルを捕らえる手段について語っている。魔法団に所属している以上、シャルルは一流の魔法士だ。当初はジークフリートが捕らえに行く手筈だったようだが、オスカーの《誘惑の眠り》があれば、血を流さずに拉致できると主張している。明日、オスカーとレスター、マリーの三人でシャルルをおびき出し、捕獲するという流れが話し合われた。

銀縁眼鏡の男は、この場におけるブレーンのようだった。情報を調達するのが得意らしく、現地の様子やおびきだす手段について細かく指示している。

（何故、魔法団の魔法士を拉致するのだろう……？）

マホロは内心疑問を抱いていた。ジークフリートは魔法団の魔法士を使って何かするつもりなのか？　それとも別の目的で？　彼らの話し合いをジークフリートは黙って聞いているだけで、マホロには目的が不明のまま、その時は終わってしまった。

「ジークフリート様。部下たちは村外れの空き家に待機しております。どうか、後でお声をかけてあげて下さい」

外に様子を見に行ったマリーが戻ってきて、ジークフリートに報告した。馬で移動していた部下が村に着いたのだろう。ジークフリートは分かったと腰を上げ、シャルルについての話し合いは中断された。

夕食の時間になり、オスカーとレスター、銀縁眼鏡の男とマリーが部屋を出ていき、マホロは一人になった。

（今、逃げられたら……）

ジークフリートがいない今こそ逃げるチャンスなのだが、相変わらず身体は指一本動かせなかった。歯がゆくて苦しくて、情けない思いでいっぱいなのに、マホロの表情は変わらない。このまま一生、こうして人形のように生きるのだろうか。

（ジーク様が離れたら、もしかして、と思ったけれど……。物理的距離を置いても、俺の身体は自由にならない。同じ村にいるせいだろうか？）

考えることしかできなくて、マホロはどんどん悲しくなった。視線すら動かせない。マホロが見ているのは、床の絨毯の模様だけだ。

しばらくすると廊下から足音が聞こえてきて、ドアが開かれた。ジークフリートが食事の載ったトレイを運んできた。ジークフリートはトレイをテーブルの上に置いた。

「食べなさい、マホロ」

ジークフリートが静かに促す。

「はい、ジーク様」

マホロの口から勝手に声が漏れて、先ほどまではどうやっても動かなかったのに、手がスープ皿に伸びる。トレイの上には玉ねぎのスープとパン、魚を蒸した料理が並んでいる。マホロはもくもくとそれらを腹の中に入れた。ジークフリートはマホロの隣に座り、それをじっと眺めている。

食事を終えると、マホロはだらりと手を下ろし、また人形のように固まった。

「……マホロ」

つとジークフリートの手が近づき、マホロの前髪をすくい上げた。冷たい指先で頬を撫でられ、鼓動が跳ね上がる。ジークフリートは無言でマホロを長い間見つめていた。

「……駄目だな、やはり解除できない」

ジークフリートがかすかに眉根を寄せて呟く。マホロはジークフリートの整った鼻筋を見つめた。ジークフリートが束縛を解こうとしているとは思いもしなかったのだ。

「だが、そのほうがいいのかもしれない。お前は事が終わるまで、そうしているほうが楽だろう。

お前の優しすぎる性格は危険だと私は感じていた」

　ジークフリートは部屋に誰もいないせいか、マホロを抱き寄せ、髪に手を差し込んだ。長い指がうなじを這い、顎のラインに沿って滑っていく。

「お前は私に人を殺すなと言うが、それは聞けない注文だ。闇魔法の一族の私は、小さい頃からずっと、人を殺す欲望を抑え込んで生きてきた。お前は知らないだろうが、ボールドウィンの屋敷でも、私は幾人もの人を殺(あや)めた」

　マホロの肩に手を回し、ジークフリートが独り言のように語りだす。ジークフリートが目障(めざわ)りな相手を消したのではないかと疑ったことはあるが、まさか幾人も殺していたとは、衝撃の事実だった。

「闇の精霊は血を好む。血を与えなければ、魔法の威力が削がれ、私の生気を奪う」

　ジークフリートが宙を見つめ、信じられない発言をする。闇の精霊がそんなに恐ろしいものとは。

「私は生まれつき、破滅への道を辿るよう運命づけられているのだ。殺されるか、殺すかの二択しかない。私はお前を生涯傍に置くつもりだったが、優しすぎるお前が私についてこられるとは思っていなかった。だから……これでいいのだろう」

　自嘲気味にジークフリートが言い、マホロの顔を引き寄せた。ジークフリートの唇がマホロの唇を覆う。駄目だと思っても身体は一切の抵抗を見せず、ジークフリートからのキスを受け入れている。

「つまらないな……」

何の反応も返さないマホロに苦笑し、ジークフリートは細い身体を抱き上げた。ジークフリートはマホロをベッドに寝かせ、その隣に自分も横たわる。ジークフリートはマホロの瞼を閉じ、頬や唇に何度かキスをした。そのまま抱かれるかと思ったが、ジークフリートは人形を抱く趣味はないようで、抱き寄せられたまま眠りについた。

ジークフリートの思いがけない心情を聞かされ、マホロは複雑な思いを抱えた。残酷で支配的なジークフリートだが、そうせざるを得ない背景があったと知った。こうなる前にジークフリートを救えなかったのだろうか。傍にいる時、マホロはジークフリートの命令を聞くだけで精一杯で、主同然の彼を救おうなんて考えたことはなかった。

ジークフリートは完璧な人間だと思っていたからだ。

けれど完璧な人間など、この世にいるのだろうか？　もっと早く、それに気づくべきだったのではないか。

（この気持ちは何だろう……。俺はジーク様に同情しているのか？　それとも……？）

眠くないのに、マホロは目を閉じている。瞼は重く、自分の意志で開けられる日がくるとは到底思えなかった。

深い眠りから覚めても、マホロの瞼は開かなかった。朝がきているのは部屋に流れる空気や感覚で分かるが、ジークフリートが「目を開けなさい」と呼びかけるまで、マホロの世界は始まらなかった。

目を開けると、ジークフリートが自分の前に立って顔を覗き込んでいた。マホロはベッドに腰を下ろしている。ジークフリートはマホロの顎を持ち上げ、不思議そうに見下ろしている。

「何故お前は私の命令がないと動けない？　他の者は心を支配されても変わりない日常生活を送っている。どうしてお前は反応が異なるのだろう」

マホロを観察しながら、ジークフリートが呟く。言われてみれば、同じように異能力を使われた村人たちは、ひたすらジークフリートを信奉する以外は、ふつうに日常生活を送っている。マホロのように指示されないと動けない者などいない。

「私の感情が揺れたせいか？　それとも光魔法の一族だからか……？　まぁいい。マホロ、支度をしてついてきなさい」

ジークフリートは気になるそぶりを見せつつ、マントを羽織って言った。ジークフリートはとっくに着替えを終えている。ベッドにはマホロの替えの衣服が用意されていた。マホロは指示に従ってシルクのシャツに着替え、厚手のコートを羽織った。ズボンやブーツは誰か背格好が近い者の私物らしい。

着替えると、マホロはジークフリートの後ろにくっつき、部屋を出た。使用人は皆、ジークフリートの前で深々と頭を下げ、まるで敬愛する主を前にした家来のように頬を紅潮させる。ジークフリートは長い赤毛を隠しておらず、ふつうならその髪の色を恐れ、怯えるところだ。

「ジークフリート様、首尾よく捕まえてまいりました」

屋敷の玄関の前で銀縁眼鏡の男が待っていて、にこやかに報告する。誰を、と聞くまでもなかった。昨日話していた魔法団のシャルルだろう。気は進まなかったが、マホロの足は勝手にジークフリートの後をついていった。ジークフリートは村の外れにある空き家の前で立ち止まり、中から扉を開けたマリーの出迎えを受けた。

「奴は寝ております。そろそろ起きる頃かと」

空き家の中に入ると、思ったより汚れも埃もなかった。部下が掃除をしたのかもしれない。二間に分かれた造りで、片方は広くテーブルや椅子が置かれていて、奥の部屋は炊事場になっているようだった。広い部屋のほうに、縄で手足を縛られた男が一人転がされていた。セーターにズボンという軽装で、髪は茶色、年齢は三十代半ばといったところだろう。口元には魔法詠唱を防ぐためか猿轡が嚙まされていた。この男がシャルルに違いない。部屋にはジークフリートの部下らしき男も数人いて、皆ジークフリートの命令を待っていた。マホロは彼がこれからどんな目に遭うのか、不安でいっぱいになった。

「拷問して吐かせますか？　よろしければ私が」

銀縁眼鏡の男は興奮したように声を昂らせ、舌なめずりをする。この男はろくでもない性癖を持っているようだ。

「魔法団を甘く見るな。返り討ちに遭うだけだ」

ジークフリートはにべもなく答え、シャルルの前に屈み込んだ。

「起きろ」

ジークフリートはシャルルの肩を揺さぶり、その顔を覗き込む。唸り声を上げてシャルルが身じろぎ、ハッとしたように目を見開く。金色に光るジークフリートの目とシャルルの目が合った、と思った時にはもう遅かった。シャルルの目から焦点が失われ、ぼうっとした表情になる。ジークフリートは異能力を使い、シャルルの心を捉えた。ジークフリートはそれを確認して、シャルルの口から猿轡を外した。

「私の名はジークフリート。シャルル、お前に聞きたいことがある」

ジークフリートがシャルルの身体を起こして言うと、高揚した顔つきでシャルルが顔を上げる。

「何なりと、ジークフリート様」

シャルルの目も口調も、ジークフリートへの敬愛であふれている。魔法団の魔法士ならジークフリートの異能力を退けられるのではないかと期待したが、無駄だった。

「一週間後に、王族の非公式の集まりがあるな？」

口元に笑みを浮かべ、ジークフリートが尋ねる。マホロは緊張した。王族の非公式の集まり……？　ジークフリートは何をしようとしているのか。

「はい、ございます」

シャルルはこくりと頷く。

「場所はどこだ？　警備を担う魔法団なら知っているだろう？」

ジークフリートにじっと見つめられ、シャルルが唇をわななかせる。

「場所、は……場所は……」

言おうとして何度も口を閉じ、シャルルの身体が揺れる。漏らしてはいけない情報だから、口にするのに抵抗があるのだとマホロは気づいた。言ってはいけないとマホロは強く念じた。だがジークフリートに再び質問をされると、シャルルはとうとうその場所を口にした。

「場所、は……第一王子の屋敷、真珠の塔……十時に始まる……予定」

シャルルが会合場所を明かすと、見守っていたジークフリートの部下たちが騒ぎ始めた。ジークフリートは王族が集まる場所を知って何をするつもりだろう？　嫌な予感しかない。

「その非公式な集まりは、何をするためのものだ？」

ジークフリートはシャルルの目を覗き込み、再び質問する。

「それは……しら、ない……。王族の……秘められた儀式……」

シャルルはたどたどしく答える。秘められた儀式……？　一体何だろう？

「シャルル、魔法団の団長は特別な力を持っているな？」

続けてジークフリートが目を細めて次の質問をする。シャルルの身体が大きく震え、瞬き(まばた)が繰り返される。

「どんな力だ？　団長がギフトで力を得たことは知っている。どういった異能力か、話せ」

シャルルの顎を捕らえ、ジークフリートが冷ややかに促す。魔法団の団長も異能力を持っているのか。マホロは固唾(かたず)を呑んでシャルルを見守った。

「団長の力は……団長のちか、ら、は……」

シャルルはカタカタと身体を揺らし、ジークフリートの目を見ている。言ってはいけないとマホロは心の中で何度も叫んだが、ジークフリートの力は強力だった。シャルルの口が開き、途切れ途切れに言葉が漏れる。

「速く……走れる、……それしか、知らない」

明かしてしまった。ジークフリートが思わずといったように唇の端を吊り上げた。それきり興味を失ったようにシャルルの身体を放り出し、立ち上がる。

「魔法団団長の異能力はたいしたものではないようだな。これなら問題なく、実行に移せる」

ジークフリートが高らかに告げ、部下たちが揃って目に興奮を浮かべる。

「では、ジークフリート様。襲撃の準備を」

部屋の隅に控えていたマリーが、顔をほころばせて言う。いつの間にかレスターやオスカーもいて、周囲の興奮が高まる。

「ああ。王族を根絶やしにする。――こいつは殺せ。この村にもう用はない」

ジークフリートが素っ気なく指示する。嬉々として銀縁眼鏡の男がシャルルに近づき、懐から小さな瓶を取り出す。

「ねぇ、あなた。この毒の実験台になって下さい。致死量がどれくらいか見極めたいんです」

銀縁眼鏡の男はうっとりとしてシャルルの口元に瓶を近づける。シャルルは嫌がるようなそぶりで顔を背けたが、手足を縛られている以上、抵抗は微々たるものだった。

「う、ぐ……っ」

銀縁眼鏡の男が小瓶から液体を注ぎ入れると、シャルルはすぐに顔を歪ませた。小瓶の半分も飲まないうちに、身体中の血管が浮き立ち、床の上で苦しそうにもがき始める。顔は青を通り越して真っ白になり、口から泡を噴き、断末魔の悲鳴を上げた。マホロは助けたかったが身体は動かず、心の中で血の涙を流した。誰かが死ぬ姿をこれ以上見たくないのに、また殺された。ジークフリートといると、人が死ぬ姿を延々と見せられる。

「が……っ、ひ、ぐ……っ」

シャルルは何度か激しく痙攣(けいれん)して、やがてその動きを小さくしていった。銀縁眼鏡の男は興味深げに間近でシャルルが死ぬ様を見ている。メモをとっているようだ。

「なるほど、半分程度で死に至る、と……。時間にしてわずか五分、といったところでしょうか」

にやにやしながら観察をする銀縁眼鏡の男に、この場にいる誰も注意を払っていなかった。それはこの男がいつもこのような行為をしている証(あかし)に他ならなかった。

(もう嫌だ……、ひどすぎる……俺は……)

マホロは助けることも泣くこともできず、ただその場に立っていた。

突然、肌がざわりとした。

マホロは何かの違和感を覚え、視線の先にあるシャルルを見据えた。遺体となったシャルルは、床に転がったままだ——それなのに、その身体が小刻みに揺れたと思うと、身体が二重に見える。

（何だ、これ……？　何……？　生きてる？）

最初は訳が分からずに、シャルルの遺体を凝視していた。シャルルの身体に重なるようにもう一人のシャルルがいて、それがゆっくりと動きだす。この奇妙な現象に驚いているのはマホロだけで、他の誰も注視していない。もしかして、見えているのは自分だけ、なのだろうか？

『うう、う……うう……』

シャルルの身体から離れたもう一人のシャルルが、苦しそうに咽を押さえる。じっと見ていて分かったのは、遺体となって床に転がっているシャルルよりも、身体から抜け出して苦しんでいるシャルルは影が薄く、ぼんやりとしているということだ。

（え、まさか……幽霊、とか？）

マホロは呆気に取られた。身体から抜け出たシャルルはよろよろと歩きだし、悔しそうに頭を搔きむしる。

『俺は、俺は死んだのか……⁉　畜生、あいつの目を見てから、身体の自由が利かなくなった！　クソ、俺はなんてことを……っ、重要な情報を漏らしてしまうなんて……っ』

シャルルは理性を失ったように暴れだし、周囲にいる男たちに殴りかかったが、どれだけシャルルが殴っても、相手には伝わらなかった。マホロが視ているものがシャルルの霊魂というのは間違いないようだった。そういえば光魔法の一族について研究しているワットが、光魔法の特徴として死者や神霊と話せると言っていた。これがまさにそれなのだろうか。

『うあああ、俺はどうすればいい、俺は死にたくない、死にたくない、死にたくない……っ』

すでに死んでいる身ながら、シャルルの嘆きは深く、悲しげに何度も床に頭を打ちつけている。慰めてあげたかったが、マホロには何もできなかった。

ひとしきり嘆いた後、シャルルがマホロに近づいてきた。

『この子は、魔法団で捜していた光魔法の子じゃないか……っ。どうしてここに？　やはり裏切っていたのか？　いや、それにしては動かない。もしかしてこの子も俺と同じように……？』

シャルルはふらつく足取りでマホロの前に立ち、手を伸ばしてきた。

――身体がぴくりと震えた。

霊魂になったシャルルの冷たい手がマホロの身体に触れた時、確かに動かないはずの身体が動いた。マホロは助けを求めるようにシャルルの手にすがろうとした。すると、シャルルの手の動きに合わせて、マホロの身体が前のめりになった。

（動け、る……⁉　いや、違う、これは――）

マホロが驚いたように、シャルルの霊魂も驚いてマホロの手を引っ張った。マホロは重い肉体を脱ぎ捨て、一糸まとわぬ姿で一歩を踏み出した。

『ど、どうなって……⁉』

シャルルがあんぐり口を開ける。マホロは数歩歩くと、後ろを振り返った。

目の前に、動けない自分がいる。人形のように無表情に突っ立ったままで。自分が分裂してしまったと、マホロは絶句した。しかもこの身体は、異様に軽い。飛べば浮きあがりそうだ。

『た、魂……！　抜けたっ！』

マホロは声を上げて、さらにびっくりした。しゃべれる。いや、実際にはマホロの声はジークフリートはもちろんのこと、誰にも届いていない。だが、シャルルの霊魂には、届いた。

『き、君は……っ』

シャルルが困惑した様子でマホロを眺める。何故か分からないが、身体から抜け出ることができた。シャルルに引きずり出される形で。

『俺はマホロです。ずっと動けなくて、でもあなたのおかげで、ちょっと自由になりました。助けられなくてごめんなさい……』

マホロはシャルルの霊魂に頭を下げて謝った。シャルルはぽかんとして自分の遺体を振り返り、マホロに向き直った。

『お、俺は君を殺してしまったのか……？』

シャルルは身体から抜け出たマホロを恐ろしそうに見やる。

『分かりませんけど、俺の身体は生きているみたいなんで、魂だけ出ちゃったんだと思います。他の皆、気づかないし』

マホロはジークフリートや部下たちが話し合っているのを窺い、そう確信した。影のように揺れているマホロたちに、誰も気づいていない。

『あのう、あなたは……』

マホロが話しかけようとしたとたん、シャルルの頭上から光が射し込んできた。天井を通り抜けて白っぽい影が降りてくる。それはシャルルの前に立つと、次々と人の形になった。

『父上……っ、それに、グランマ、ジェシー！　ああ、また会えるなんて……』

シャルルが身体を震わせて、声を上げる。泣きだしたシャルルを、集まってきた人たちが微笑みながら取り囲む。マホロにも分かった。彼らはすでに亡くなった人々だと。シャルルの大切な人たちが、シャルルを迎えに来たのだ。

『光魔法の子、俺はもう行かなくてはならないようだ』

ひとしきり泣いた後、シャルルは迎えに来た人たちに説得され、寂しそうにマホロに言った。自分の死を受け入れたらしい。無念そうにジークフリートたちを睨みつけているが、迎えに来た人たちに何か囁かれて、諦めたようにうなだれた。

『もし伝えられるなら、妻に愛していると……。生まれてくる子にひと目会いたかったが……』

シャルルは苦しそうに呟くと、顔を両手で覆った。今の状態では何もできないが、もし自由になれたら必ず伝えるとマホロは答えた。

『俺の身体の自由を取り戻せないでしょうか？』

マホロは迎えに来た人々に、駄目もとで尋ねてみた。彼らは一様に首を横に振り、シャルルを囲んで光と共に空に昇っていく。彼らの姿がふっと消え、マホロはどうしようかと途方に暮れた。

もう一度自分の身体に入ってみようか？　このまま自分の身体に戻れなかったら、一生魂だけ浮遊する状態になってしまうかもしれない。そんな不安が過ぎったが、それ以上にまた身動きのとれない状態で苦しむのではないかという懸念があった。

（少し離れてみよう）

今の状況を打破するためには、何か変化が必要だと判断して、マホロは話し合いを続けているジークフリートの傍から離れた。部屋から出る際に、オスカーがふとこちらを見たような気がしたが、マホロが壁をすり抜けてしまっても追ってはこなかった。オスカーは精霊を視る目を持っているが、魂だけのマホロは視えなかったのだろう。

外へ出て、マホロは村の中央へ駆けた。身体は風のように移動し、瞬きをする間に中央広場に躍り出た。魂だけの状態だからだろうか？　身体は軽く、飛ぼうと思えば宙に浮かぶ。

（このまま、逃げたい）

そんな思いに駆られて、マホロは風に乗って村を飛び出した。村の近くには森があって、マホロは吸い込まれるように木々の間を縫って飛んだ。そして、その時、気づいた。これまで見ていた景色が、一変していることに。

『何、これ、すごい……』

森の中の木々や花々の間に、人ならざるものがたくさんいたのだ。羽をつけた小さな人が、動き回るマホロを見てざわめいている。精霊、というものだろうか？　きらきら光って、神秘的な姿だ。

『光の民よ』

『珍しい、光の民がいるわ』

精霊は口々にそう言って、マホロの近くに集まってきた。

『こ、こんにちは』

マホロが声をかけると、驚いたようにいっせいに逃げ出し、葉の陰に隠れてしまう。だがすぐにひょっこりと顔を出し、興味深げにこちらを覗き込む。

(誰か、話ができる人がいないかな。それにしても不思議だ、魂だけになったから精霊も視えるようになったのだろうか?)

マホロが彼らに近づこうとすると、木々の間から、何かの唸り声が聞こえてきた。気になって近づくと、茂みの間に白い獣がいる。様子がおかしいのでそろそろと寄ると、雄々しい角を生やした白鹿だった。罠にかかってしまったのか、変な体勢で倒れている。

『だ、大丈夫……?』

マホロは慌てて近寄り、白鹿を覗き込んだ。白鹿が美しい瞳で、まっすぐにマホロを見つめる。

『助けてほしい、光の子よ』

白鹿の声が頭に響いてきて、マホロは弾かれたように後ろにひっくり返った。鹿がしゃべった! マホロはぽかんとして、間抜け面をさらした。念波、といっていいのかどうか分からないが、声は直接脳に響いてきた。

『私が話している。私は水の精霊ベラのしもべ。散策中にうっかり罠にはまってしまった』

聞き間違いではなく本当に白鹿が話しているのだと分かり、マホロは身を乗り出した。助けてほしいと言われたが、どうすればいいのか。白鹿がかかっている罠の外し方は知っているが、魂だけになったマホロに罠を操作することはできなかった。

『あの、このボタンを押すと罠が開くんですけど、今の俺には押せなくて。ごめんなさい』

あれこれ試してみたが、どうしても罠の操作ができなくて、マホロは情けない顔で謝った。

『ここを押せばいいのだな』

白鹿はマホロが示した場所を、懸命に鼻先で押す。なかなか上手くいかなかったが、先ほど離れていった精霊が集まってきて、白鹿の応援を始めると、しばらくして罠を解除できた。精霊たちがいっせいに喜び、マホロの顔の周りで踊る。白鹿は傷を負った後ろ脚を舐めて、流れた血を拭った。

『痛そうだ……手当てしてあげたいけど、触れなくて……』

マホロは何とかして治せないかと懸命に手を伸ばしたが、白鹿に触れることすらできない。次元が違うように、すり抜けてしまう。

『ベラ様に治してもらうので大丈夫だ』

痛みを堪えて白鹿が立ち上がり、気丈に前を向く。そのままとことこと歩きだした。

『あ、あの俺も一緒にいいかな？　水の精霊に会いに行くなら、俺も会いたいんだけど。俺、魂だけ抜け出てきちゃって、その』

この変な状態を何とかするために、マホロは白鹿に話しかけた。白鹿はただの獣ではない様子で、その姿には威厳があり、眼差しには知性が宿っていた。

『ついてきなさい』

白鹿が軽く頭を振り、背中を向ける。マホロは慌ててその後を追った。白鹿は深い森の奥へ、ぴょんぴょんと痛みを堪えて駆けていく。やがて森の奥にある湖にマホロを誘った。

白鹿は湖の前で、不思議な声を発した。唸り声とも呼びかけともとれる、奇妙な声だ。するとそれに合わせたように、湖面にさざなみが生まれ、水の底から一人の美しい女性が現れた。

『わ……』

マホロは女性を見るなり、眩しくて、無意識のうちに膝をついた。湖から現れた女性は白灰色に輝く長い髪を湖面に浮かべていて、白く光る衣をまとっていた。

『ベラ様、迷い子です。光の民のようです』

白鹿が女性に向かって報告する。女性の名はベラ——のちに白鹿が教えてくれたが、高位の水の精霊だった。

『ほう、珍しい。光の民が地上にいるなど』

ベラは微笑みながらマホロを見た。その目が、つと村の方角に向けられ、かすかに眉根が寄る。

『村から血の臭いがする。何かあったのか、それに……妙な結界が張られておる』

ベラはゆっくりと湖面を滑り、マホロのいる岸辺に上がってきた。近づくにつれ、光が強くなり、マホロは眩しくて目を開けているのが難しくなる。

『おや、怪我をしている。罠にかかったのだね』

ベラはまず白鹿に目をやり、指先から飛沫を出した。その飛沫が白鹿の後ろ脚にかかると、みるみるうちに怪我が治っていく。白鹿はすっかり元気になり、嬉しそうに後ろ脚を跳ね上げる。よかった、とマホロも微笑んだ。ついでベラがマホロを見下ろしてきたので、急いで顔を引き締め、真剣に訴える。

『あの……っ、実は』

マホロはここに至るまでの話をベラに伝えた。自分の身体は拘束されていて、自由にならないこと、クリムゾン島から無理やり連れ去られてここまで来たこと、ジークフリートは闇魔法の一族で、村人の意識を操っていること——ベラはマホロの話を聞き終え、不快そうに眉根を寄せた。

『マホロと言ったか、そなた、あまり長く身体から離れると、戻れなくなるやもしれぬぞ。光の民とはいえ、力を酷使すると身体とズレが生じるでな』

ベラに首をかしげて言われ、マホロはどきりとした。

『でも、身体に戻るとまた動けなくなって……、俺の身体にかけられた束縛を解く方法を知りませんか？』

マホロはすがるように手を合わせた。

『ふむ……、闇の魔法か……？　いや、違うな。ああ、あの島のギフトによるものだな。それは術者と物理的に距離が空き、ある程度の時間が経てば解けるであろう。村二つ分くらいの距離は必要だ』

ベラの答えにマホロは顔を輝かせたが、すぐにがっかりして目を伏せた。ジークフリートがマホロを手離すはずがない。魔法を増幅させる能力を持つマホロは、常に傍に置かれる。

『ジーク様は恐ろしい計画を立てています。俺はそれを止めたいんです。何か方法はないでしょうか？』

マホロは唇を噛んで言った。ジークフリートは王族が集まる日時と場所を知ってしまった。ジ

ークフリートはこの国の体制を引っくり返そうとしている。そこから導き出される答えは、ジークフリートが王族を殺し、安穏とした時代を終わらせるつもりだ、ということだ。

『闇の子は、いつの世も、獣じみた思想を持つのぉ……。マホロとやら、私にはそなたを解き放つ力はない。そなたは光の子だから、光の精霊王に頼んでみてはどうか？』

『光の……精霊王……？』

ベラの口から初めて聞く名前が出てきて、マホロは戸惑った。ベラ曰く、ベラのような高位精霊の上には精霊王と呼ばれる、種族をまとめる王が存在するらしい。光の精霊を束ねる光の精霊王なら、可能かもしれないと言われた。

『光の精霊王はどこにいるのでしょう？　会えば分かりますか？』

会ったことがないマホロには、想像もつかないものだった。マホロのそんな杞憂を、ベラは笑い飛ばす。

『光の精霊王は、先ほど言っていた島にいる。会えば分かる、私など比べようもない神々しさだから』

クリムゾン島に光の精霊王がいるのか――マホロは胸がざわめき、落ち着かなくなった。きっと立ち入り禁止区にいるのだろう。前回訪れた時は分からなかったが。

『どうやって行けば……？』

マホロが身を乗り出すと、ベラが白く細長い指をくるくる回して、水飛沫をマホロに吹きかけた。

『お前は、行きたいところにどこへでも行ける。肉体を脱ぎ捨てている今は。けれど、人として在りたかったら、長く身体から離れてはならぬぞ』

ベラがそう言うと、マホロの身体は自然と空に浮かんでいた。行きたいところにどこへでも行ける、と言われ、マホロは空を駆けた。

(すごい！　俺、空を飛んでる！)

マホロは鳥よりも速く、空を駆けて、歓喜の声を上げた。光の速さでいくつもの村を越え、川を越え、鳥や獣の速度を軽々と超えた。

(行きたいところ――)

ベラに光の精霊王の話を聞かされ、今すぐにでもクリムゾン島に行かねば、と思った。思ったのだが――それよりも先に心に浮かんだのは、ノアの顔だった。ノアに会いたい。ノアはマホロが突然消えてしまって、心配しているはずだ。ノアがどうしているか、知りたい。その一心でマホロは風と共に移動した。

ノアの顔を思い浮かべて飛んでいると、ふいに強い力に引っ張られた。抗う暇もなくマホロの身体は、地上に吸い寄せられた。たくさんの建物が見えてきて、王都だと分かる。王宮も見えるし、貴族の館もあちこちにある。そのうちの一つ、王宮の傍に構えられた四階建ての石造りの建物にマホロは吸い込まれた。

(何⁉　あ……っ、ノア先輩)

大きな会議室らしき場所にマホロは降り立っていた。長いテーブルには十数人の魔法団の魔法士と貴族らしき中高年の男性、それからノアと校長、レオンがいて話し合っていた。ノアの顔を思い描いたからだろうか？　マホロは胸がいっぱいになってノアの傍に駆け寄った。

「だから言ったではないか！　あのマホロという子どもは処刑するべきだと！」

声高にテーブルを叩きながら発言する初老の太った男性に、マホロはびくりとした。いきなり自分の名前を聞くとは思いもしなかった。

「奴らは村人全員を殺害したのだぞ！　魔法増幅器となる子どもまで奪われて！　ローエン士官学校はどう責任をとるつもりか‼」

初老の太った男性は高圧的に校長を見下す。彼らは自分やジークフリートの件に関して話し合っているのだ。軍の人間はいないようだが、五名家の名だたる貴族たちが集まっているのが分かった。

「ケヴィン殿、その件に関しましては――」

校長が苦々しげに発言しようとした矢先、ケヴィンと呼ばれた男性の座っていたテーブルがべこりと音を立てて変形した。ケヴィンが青ざめて身を引くと、ノアが苛立ちを隠さず身を乗り出す。

「豚が人の言葉をしゃべるな」

凍りつきそうなほど冷ややかな視線を投げつけて、ノアが吐き捨てる。ケヴィンはあんぐりと口を開け、怒りで身体をわななかせる。

「失礼、食えるだけ豚の方がはるかに上等だ。ケヴィン殿、あなたは前回の闘いの際も、金も人も出さず、口だけ挟んで遠巻きに眺めていただけだったはず。知ってますよ、前回はご子息が犯行メンバーの一員ではないかと怯えていたのでしょう?」

ノアは優雅に立ち上がり、見惚れるくらい美しい微笑みを浮かべ、ケヴィンを断罪する。

「な……っ、そ、それは……っ」

ケヴィンの顔が真っ赤になり、隣にいた恰幅のいい男性が舌打ちする。

「ご子息から連絡でもありましたか? 結構、ご子息は関係ないと言われたようですが、残念ながらジークフリートの配下にいますよ。生き残った村人が証言しました」

「ば、馬鹿な……っ」

ケヴィンが気色ばんで隣にいる男の腕を掴む。

「だ、大体お前ら学生が何故この会議に参加している! いくら五名家の直系だろうと……っ」

「会議に参加するのに、あなたの許可は必要ない。そろそろその汚い口を閉じてもらわねば、俺の理性が崩壊する」

興奮して喚き立てるケヴィンに対して、ノアはどんどん冷めていく。

「――それくらいで、いいだろう。ノア・セント・ジョーンズ。同席を許したのは、勝手な発言をさせるためではない」

対峙するノアとケヴィンに割って入った男がいた。中央の席に座っていた魔法団の魔法士で、銀髪に赤い目をした印象深い男だった。年齢は三十代後半といったところだろうか、鍛え上げられた肉体を持ち、団長の証である徽章を襟につけていた。

「失礼しました、レイモンド団長」

ノアは逆らわず席に着き、何事もなかったかのようだ。ケヴィンはうつむき、真っ青だ。自分の息子が事件に関わっていることが明らかになって、おののいているのだろう。

「ジークフリートの配下や竜を目撃した者の証言から、敵はおそらくこの辺りにいると考えられる」

団長は魔法で宙に地図を描きだした。マホロが連れ去られた村の辺りに見当がついていて、大いに力を得る。

「近隣の村々をしらみ潰しに捜索している。マホロを奪い返すことと、ジークフリート一派を殲(せん)滅(めつ)することに、異論はないな？」

団長は確認するように会議室にいた面子をぐるりと見回す。

「マホロを盾にされた場合はどうしますか？　申し訳ないが、人質の価値があるとは思えません。彼の存在はとても危険で、生死に関しては責を問わないでもらいたく」

魔法士が言いづらそうに口にする。ノアの目が光ったが、団長が即座にそれを否定した。

「いや、女王陛下はマホロを殺すなと言明された。ジークフリートの魔法は物理的距離をおけば、解けるはずだ。陛下のお望みのままに」

団長が厳(おごそ)かに告げる。

「団長、今連絡があり、実家の村に帰省していたシャルル・ドーンが失踪したそうです。身重の妻と共に出産のために村に戻ったので、自ら消える理由はありません。現在、数名の部下に村を捜索させています」

　団長の隣にいたニコルが、使いの手紙を開いて伝える。

「近隣の村も当たってくれ。臭う」

　団長の目が光る。捜索の手が近くまで届いていると知ってマホロは、気力が湧いた。シャルルの無念を晴らしたかった。早くシャルルの遺体が見つかるよう祈る。

（ノア先輩……、やっぱり俺を捜してくれてるんだ。心配かけてごめんなさい）

　話し合いが続く中、マホロは目を潤ませてノアの背後に立った。そっと後ろから抱きしめると、ノアがぴくりとして振り返った。気づいてもらえたかと一瞬喜んだが、「気のせいか」とノアは髪を掻き上げて前を向いてしまう。マホロの存在はこの場にいる誰にも気づかれることはなかった。

　ここにいても何の役にも立てないと踏ん切りをつけ、マホロはそっと離れた。本当はノアの傍にずっといたかったが、行くべき場所がある。

　マホロは再び空に浮かび、クリムゾン島を思い浮かべた。

　身体が強い引力に導かれるように西の方角に飛ばされる。マホロにも分かってきた。今の自分は行きたい場所を思い描くだけで、そこへ辿り着ける。

　あっという間に目当ての島が近づいてきて、マホロは空から立ち入り禁止区に入ろうとした。だが、魂だけの存在のはずなのに、魔法壁に阻まれて入れない。仕方なくマホロは演習場に降り立ち、以前、校長と共に入った扉から入ろうとした。

（そういえば……、ジーク様はこの辺りで何かを召喚したと言っていたな……）

　森を歩いている途中で、ふっとそんな記憶が蘇った。マホロが入学する前、魔法クラブが活動休止になった事件のきっかけになった場所だ。ジークフリートは誰か、あるいは何かを召喚し、その後しばらく行方不明になった。

『え……っ⁉』

　ぼんやりと記憶をなぞっていたマホロは、突然足元が消え、仰天した。地面が消失し、深い穴の底に身体が落ちていく。とっさに手足をばたつかせたが、穴は深く、どんどん落ちていく。飛ぼうと思っても、抗えない力で引きずり込まれる。

（ど、どうなってんだ⁉）

　焦って悲鳴を上げかけた矢先、身体がふわりと地面に着地する。驚いてきょろきょろすると、あれほど落ちたはずが、元の森に立っていた。ひとつだけ違っていたのは——目の前の地面に魔法陣が描かれ、そこに士官学校の制服を着たジークフリートがいたことだ。

（えっ、何で⁉　どうしてここにジーク様が⁉）

　とっさに逃げようとしたが、様子がおかしいことに気づく。ジークフリートは分厚い書物を開いて、魔法陣の中央で呪文を詠唱していた。足元には腹を裂かれた獣と青銅の盃、ろうそくの明かり、魔法石が積まれている。

『我が命に応え、この場に参じよ——アレクサンダー・ヴァレンティノ』

　ジークフリートの声が高らかに響く。マホロは目の前の光景に釘づけになった。ジークフリートは視界に入っているはずのマホロの存在に気づいた様子もなく、杖を動かしている。これは現実に起きている出来事ではないとマホロは悟った。もしかしてこれは、過去の記憶なのでは？

マホロの視線の先で、杖の先端から虹色の光が放出され、ジークフリートの前に徐々に白い影が生まれ始めた。

（これって、ジーク様が召喚術を行った時の……⁉）

息を殺して見守っていると、ジークフリートの前に現れた白い影が人の形を作っていく。

『おおお、おおお……、我が子、ジークフリート……』

白い影は今や男性の姿になり、揺らめきながら地の底を這うような声でしゃべりだす。マホロは背筋が寒くなって、ここから逃げ出したくなった。召喚されたのはジークフリートの父親で、神国トリニティというカルト集団を組織してクーデターを図った重罪人だ。

『父上……』

ジークフリートはじっとアレクサンダーの影を見据えていた。

『仇（かたき）を討つのだ……この国を亡（ほろ）ぼせ……、クリムゾン島は我らのもの……、司祭に会い、ギフトを得るのだ……』

アレクサンダーは揺らめきつつ、聞き取りづらい声で言う。影は自分が受けた仕打ちや、女王陛下への呪いの言葉を延々と繰り返す。ジークフリートはそれらを無言で聞いていた。表情を見ても何を考えているか分からない。

呪詛めいた言葉が続く中、学校の方角から人が近づいてくる気配があった。ジークフリートはすぐにそれを察知し、『さらばです、父上』と呟いて、書物を閉じ、杖を四方に動かし、魔法陣をあっという間に消し去った。獣の死骸や青銅の盃は茂みの奥に放り投げ、ろうそくの灯を消す。

『ジークフリート！　今、何をしていた⁉』

遠くから怒鳴ってきたのはノアとオスカー、レオンだった。ジークフリートは彼らの問いかけを無視したが、箒に乗って駆けつけてきた校長によって手足を拘束された。枷をつけられた刹那、ジークフリートの顔が凶悪そうに歪み、てっきり校長は殺されると思った。だがジークフリートは理性を取り戻し、大人しく従った。ジークフリートが連れ去られるのを、マホロは不安な気持ちで見送った。

すると今度は突然横に身体が引っ張られ、緑の中を移動した。どこまで行っても草木ばかりで、マホロは困惑した。途中で朽ちた神殿を通り過ぎ、ようやく自分が立ち入り禁止区に入っているのに気づいた。ポーンと身体が宙に投げ飛ばされたと思った瞬間、まばゆいばかりの水晶の光に包まれた。

（あ、こ、ここ。水晶宮！）

マホロはいつの間にか水晶宮にいた。目の前に髪を白頭巾で覆い、真っ白な衣をまとった中年男性がいる。顔を見て、かつてマホロがマギステルと呼んでいた司祭だと気づいた。司祭は手に長い木の杖を握っていて、ジークフリートと対峙していた。ジークフリートは森の人を仲介していないのか、薄汚れた制服姿だった。

『お前に与えるギフトは《人心操作》。その代償は――心を』

司祭の声が水晶宮に響き渡り、とたんにジークフリートは心臓の辺りを手で摑んで、苦しげに倒れ込む。これはきっとジークフリートがギフトをもらった日だ。

（ジーク様が喪ったのは……心？）

マホロは雷に打たれたような衝撃を受け、在りし日の光景を凝視した。

ジークフリートは喘ぐような息遣いで、司祭を睨めつけている。

『お前は……、俺を獣に堕とすのか……っ』

絶望を浮かべたジークフリートが司祭に摑みかかる。

『憐れな闇魔法の生き残りよ。お前は多くのものを失うだろう。お前は心を喪うことにより、これから血塗られた道を進むのだ。国を亡ぼす、唯一の存在として』

司祭は冷淡な声で答え、ジークフリートの手を振り払った。それほど強い力に見えなかったが、ジークフリートは弾かれたように後ろに飛んだ。

（ああ、そうか……だから……）

マホロは苦しい思いで、ジークフリートを見つめた。再会した時、ジークフリートの冷たさが気になった理由は——これだ。人が焼かれる様を愉しんで眺めていたジークフリート。それはすべて、心を喪ったせいだ。

ジークフリートたちが消えると、マホロは周囲を見回した。どうして自分が過去に来てしまったのかは分からないが、もしかしたら自分には知る必要があったのかもしれない。しかし、そろそろ現在に戻りたかった。

（元の地点……元の地点……、それか光の精霊王のところへ）

必死にそう念じると、いきなり身体が持ち上げられ、今度は上へと引っ張られる。明るい光に吸い込まれ、草むらに放り投げられた。ノアに会いたいと願った時はノアのいる場所に行けたが、光の精霊王に会いたいと願った今、そこには誰もいなかった。会ったこともない相手の元へは行けないのだろうか？

『戻った……のかな？』

マホロは周囲を見渡しながら、立ち上がった。元の地点に戻ったのかもしれないが、いつの間にか空は暗く、星が瞬（またた）いていた。両の腕を擦る。何だかとても寒い。今までほとんど温度を感じなかったのに、急に寒気を感じた。

（ここ、向こう側への扉だ）

歩いているうちに立ち入り禁止区へ続く岩壁に辿り着いた。岩壁は高く聳（そび）え立（た）っていた。この姿になって、どんな壁も天井も通り抜けることができたのに、この岩壁には通用しない。確か校長は岩壁に向かって口上を述べていた。

『マホロ……です。両親の名は知りません……、光の精霊王に会うために、向こう側に渡りたいんです……』

校長が言っていたような言い回しはできなかったが、岩壁に向かって名乗ってみた。確か校長は岩壁に何かを描いていた。マホロは手のひらを岩壁にくっつけてみた。すると、一条（ひとすじ）の光が岩壁に射し、岩壁が消え、扉に変化する。マホロが目を輝かせて扉を押し開けると、向こう側へ渡れた。

『マホロが来たよ』

『光の子が戻ってきた』

マホロが立ち入り禁止区へ足を踏み入れると、あちこちから光の粒が寄ってきて、口々に囁いた。前回はただの光の粒にしか見えなかったが、今のマホロにはしっかりと精霊の姿が見えた。金色の羽を広げ、親しげにマホロの周囲を舞う。

『あの、俺、光の精霊王に会いたいんだけど……』

マホロは精霊たちに向かって、意を決して言った。

『こっち』

『こっちだよー』

精霊たちは宙を舞いながら、マホロを導く。これならきっと光の精霊王に会えると、マホロは精霊を追った。

どれくらい歩いただろうか。寒さはどんどん増し、歯の根が合わなくなる。身体が重い。足を動かすのがやっとだし、息切れがする。全身が凍りつくように冷え、歩くのもおぼつかない。おかしい、立ち入り禁止区は地熱で常に暖かいはずで、周囲を見ても寒さを感じさせるものはないのに。

(俺、どうしたんだ……？　やばい、もう……意識が……)

マホロは苦しげに呼吸して、とうとう草むらに倒れ込んだ。前を歩いていた精霊たちが、驚いたように集まってくる。

『マホロー』

『どしたの？　何で寝てる？』

『これ、死んでない？』

『えー』

マホロの身体に群がった精霊たちが口々に騒ぎ始める。マホロの髪を引っ張る者や、指を動かそうとする者がいたが、意識が朦朧(もうろう)としてマホロは声も出せずにいた。

『光の精霊王を呼んでくるー』

数人の精霊が声を上げ、どこかへ飛んでいった。それを最後に、マホロは意識を失った。


口の中に清涼な咽越しの液体が注がれた。

マホロは重い瞼を押し開け、ぼんやりとした頭で自分を抱きかかえる人を見上げた。眩しくて目を開くことができない。長い金色の髪を垂らした美しい男性がマホロを抱きかかえていた。身体全体が発光していて、何ともいえない芳(かぐわ)しい薫(かお)りが漂っている。

『マホロ』

名前を呼ばれ、マホロは一度閉じた目を、恐る恐るもう一度開いた。怖いくらい整った顔立ちの男性が、慈しむように自分を見つめていた。白い衣に金の冠を戴き、黄水晶のように澄んだ瞳をしている。その視線が重なり合った瞬間、マホロは一気に目の前にいる存在が誰か思い出した。

——光の精霊王。この地を統べる、特別な存在。

何故か分からないが、涙があふれ、胸が熱くなる。光の精霊王を前に魂が歓喜したのか、涙が止まらない。幼い頃、自分はこの存在と近しかった気がする。

『あなたは……、あなたは光の精霊王、ですよね』

マホロは声を震わせた。神に近い存在とは、こんなにも胸がいっぱいになるものなのか。

『光の子、マホロ。我はそなたが生まれし時、祝福のキスを贈った』

光の精霊王が優しく微笑みかけ、マホロの額にキスをする。とたんにぐったりしていた身体が楽になり、呼吸がしやすくなった。慌てて光の精霊王の腕から起き上がり、地面に跪く。いつの間にか草原にいる。森の人の集落の近くだろうか？

『お、俺は最近、自分が光魔法の一族だって知って……っ、それで、今』

マホロが説明しようとすると、光の精霊王が優雅に立ち上がって、白い衣の裾を揺らした。

『ゆっくり話したいが、そなた、時渡りをしたな？　魂が身体から離れすぎて、危険な状態だ。急ぎ、身体に戻るがいい』

光の精霊王は東に目を向け、静かに告げる。

『え……っ、あ、やっぱりあれって過去へ？　危険って、そんなに離れてましたか？』

光の精霊王の麗しい顔が曇り、マホロはとたんに不安になった。

『時渡りをすると、現実の世界と時間の感覚がずれる。そなたが身体を離れてから、もう七日は経っておろう。これ以上離れると、肉体と魂にずれが生じ、二度と四肢を動かせなくなる』

『えっ⁉』

マホロにとっては数時間のつもりだったが、現実世界では七日も経っていたらしい。マホロは青ざめた。

『お、俺ジーク様に身体を束縛されていて……っ』

早く身体に戻らなければと思ったが、そもそもここまで来たのはジークフリートの異能力を解いてもらうためだ。マホロが急き込んで言うと、光の精霊王がふうっとマホロに息を吹きかける。

『身体に戻り、半刻もすれば動けるだろう。もう行くといい』

光の精霊王に囁かれ、マホロはありがとうございますと頭を下げた。ここまで来た甲斐(かい)があった。これで現状を打破できると思うと、安堵から目が潤む。

『精霊王……、あなたは……あなたは俺に、小さい頃から……』

マホロは別れる前にこれだけは聞いておきたかった。光の精霊王は微笑み、周囲に光が煌(きら)めきだす。

『門を開けよ、と申した。そなたには役目がある』

慈愛に満ちた声で光の精霊王が呟く。小さい頃に聞こえた、門を開けよと言っていた声の主は光の精霊王だったのか。どうしてこんな大切なことを忘れていたのだろう。

『急ぐといい、王都で闘いが起こっている』

光の精霊王の目に厳しい光が浮かぶ。マホロは『また来ます』と告げると、その場を駆けだした。王都で闘いが起こっている——七日の間に、ジークフリートが王族を殺害するための行動に出たに違いない。自分の存在が魔法の威力を増幅させるなら、ノアたちを守るためにも一刻も早く駆けつけなければならない。

マホロは風のような速さで飛び出した。

4 流転

自分の身体に戻りたいと願うと、すごい勢いで身体が引っ張られた。海を越え、いくつもの村や山を越え、王都に引き寄せられた。王都の東側にある館が見えて、マホロはそこに自分の身体があると察した。身体から離れていた七日の間に、マホロは王都に連れられ、目の前の館にいる。

恐ろしい予感に怯えた矢先、マホロは館の屋根をすり抜け、一階のホールに飛び込んでいた。

ジークフリートと、その配下の者、それに王国の近衛騎士、近衛兵、魔法団の魔法士が入り乱れて闘っている。数十頭の闇の獣がホールを走り回り、床は血の海だった。豪華なドレスを身にまとった女性が何人も絶命して倒れている。次期国王であるヘンリー王太子の遺体は赤い絨毯の上に横たわっていた。

（あ、あ、あ……）

強烈な拒否感を覚えたものの、マホロの魂は身体に戻る。急に重力に囚われて、立っているのも困難なほどだった。自分の目で辺りを確認する。マホロの傍にはジークフリートが立っていて、杖を動かして近衛兵を宙に浮かべる。

（逃げ、なけれ、ば……）

重い身体を動かそうとしたが、未(いま)だ指先ひとつ思い通りにならなかった。光の精霊王は半刻もすれば動くと言っていたが、そんな猶予はなかった。早くこの殺戮(さつりく)を止めなければ。

「マホロ？」

数名の近衛兵を地面に叩きつけて絶命させると、何かに気づいたようにジークフリートが振り返った。突然、視界が反転して、マホロは床に倒れた。操り人形の糸が切れたように、立っていられなかった。ようやく自分の意志で身体を動かせたと思ったが、違った。マホロの身体は、倒れてもなお動かせなかった。

（まさか……全身不随(ぜんしんふずい)に？）

長い間身体を離れると、四肢が動かせなくなると光の精霊王は言った。マホロは激しく動揺した。ジークフリートは困惑したようにマホロの身体を抱き上げる。

「何だ？　異能力が解けたわけでもないようだが……」

不審げに呟き、マホロを肩に担(かつ)ぎ上(あ)げる。ホールの至るところで獣と魔法団の魔法士が争っていた。近衛騎士や近衛兵はほぼ戦闘不能状態に陥(おちい)っていて、天井のシャンデリアにヘンリー王太子の二番目の息子の遺体がぶらさがっていた。血液がしたたり落ちて、絨毯を深い紅色に変えている。

『ジークフリート様、生き残った王族は秘密の通路へ逃げ込んだようです』

ジークフリートがホールの扉へ向かうと、一頭の黒い獣が目の前に駆けてきた。獣がマリーの声で伝える。マリーは獣になって敵を屠(ほふ)っているのだ。

「そこはすでに占拠済みだ」

ジークフリートはマホロを担いだまま、ホールを出た。長い廊下のあちこちに近衛兵の死体が転がっていた。背後から複数の靴音がして、熱を帯びた大きな玉が飛んできた。ジークフリートはそれを杖ひとつでいなし、爆発させた。廊下の真ん中に大きな穴が空き、煙が立ち込める。

「ジークフリート!!」

よく知っている声に、マホロは顔を上げようとした。しかし、身体は自由にならず、声を上げることも叶わなかった。煙の向こうにノアがいる。強烈な怒りのエネルギーを感じる。

「マホロを返せ!!」

ジークフリートの足元の床に亀裂が走り、ジークフリートが大きく跳躍する。一瞬だけ、ジークフリートとノアは煙越しに睨み合った。だがノアが追いつこうとした時、天井が崩れて廊下を途中でふさいでしまった。

「行くぞ」

ジークフリートはマリーに声をかけ、さらに奥へ走る。角を曲がった先は行き止まりだった。けれどジークフリートが懐からあるものを取り出して壁に押しつけた。すると、そこに突然魔法陣が描かれた。

ジークフリートは手首の辺りで切断された『手』を持っていた。ほんの少し前まで持ち主は生きていたのだろう。切断面は生々しく、肌も滲む血も生々しかった。

(誰か王族の……手)

マホロはゾッとした。

この壁は王族の手に反応して開くものなのだ。目の前の壁が扉に変わるのを見て、マホロは恐れおののいた。ジークフリートは扉を押し開け、暗い廊下を進む。

『これが……、王族のみが使う秘密の通路……!!』

マリーは鼻をひくつかせ、暗い廊下を駆ける。ジークフリートはマホロを担いだまま、杖に明かりを灯（とも）して先頭を走った。秘密の通路の先に光る扉があった。徐々に光が近づき、騒がしい気配が伝わってくる。

ジークフリートが扉を押し開けると、再び長い廊下が続いている。だが今度は、左右に分かれていた。ジークフリートは迷うことなく右の廊下を進んだ。

「闇の獣よ、集え」

ジークフリートは走りながら呪文を詠唱し、杖で床を叩いた。すると、床から雄叫（おたけ）びをあげながら闇の獣が現れる。杖で叩いた分だけ、闇の獣が飛び出した。

五分も走った頃、再び扉が見えた。扉はかすかな光で浮かび上がっていて、ジークフリートとマリー、それに闇の獣たちがそこをめがけて走る。床が緩い傾斜になっている。少しずつ高い場所へ向かっているためだろう。

（ああ……）

マホロは懸命に手足を動かそうとした。まだ身体が動かない。ひょっとしたら、異能力は解けているのに、全身不随になってしまったのではないかという疑いが脳裏を過（よ）ぎる。そうであってほしくない。ノアが近くにいるのに。

ジークフリートは扉に辿り着き、勢いよくそれを開けた。明るい光が視界を占め、マホロはジークフリートの肩に担がれたまま今の状況を確認しようとした。

だだっ広い部屋だった。王宮のどこかなのだろう。太い柱が等間隔で天井に伸びていて、長く続く赤い絨毯の先には黄金の玉座があった。謁見室かもしれない。窓から見える景色は空だけだ。人々の怒号、剣が弾かれる音、それに——床に転がる無数の男女。一瞬恐怖を感じたが、血の臭いはしない。おそらく全員眠らされているのだろう。

(床に倒れているのは王族……⁉　それに、近衛騎士や近衛兵が味方同士で……闘っている⁉)

マホロが驚いたのも無理はない。剣をぶつけ合っているのは同じ近衛騎士や近衛兵なのだ。ジークフリートの異能力で、操られているに違いない。

『配下の者を率いてまいります』

マリーは獣姿のまま、後方にある出口へ走る。

「オスカー‼」

ジークフリートの視線の先に、別の扉から老婦が現れた。紺色のドレスをまとった老婦は無念そうに、杖を壁に向ける。壁際にいたオスカーがたじろぐ。

「やっべ、グランマが来ちゃったなぁ。こりゃまずい、俺は退散するよ。《誘惑の眠り》の効果はもう切れてるから、入ってきてもいいよ」

オスカーは老婦の顔を見て、回れ右をする。老婦は詠唱と共に杖を何度も激しく振った。すると、突然、突風が巻き起こり、オスカーの足を搦(から)め捕(と)った。オスカーは身体を浮かせると、「わぁ！」と叫びながら宙で杖を振る。

「邪魔だ」

ジークフリートは闇の獣を老婦に向けて放った。耳を覆いたくなるような咆哮(ほうこう)を上げ、闇の獣がいっせいに老婦に牙をむく。老婦はすぐさま風魔法を操り、獣を風の刃で裂いた。肉体を裂かれて血を噴き出しつつもなお、数頭は老婦の手足に牙を突き立てる。

「あっ、ちょっと、グランマは勘弁してよ！　老い先短いんだしさぁ」

床に立ったオスカーが獣に襲われている老婦に駆け寄る。

「女王はどこだ？」

ジークフリートは玉座に近づき、傍に倒れている男女を確認する。

「分からないけど、その辺は魔法団の魔法士と王族だよ。うわっ、グランマやるなぁ」

オスカーは闇の獣が宙に放り投げられるのを眺め、この場にそぐわない明るさで感心している。

一方、味方同士で闘っている近衛騎士と近衛兵は次々と倒れていく。

「オスカー、お前は……っ、一族を裏切るなど……っ」

老婦は怒りに顔を歪めると、最後の一頭を地面に叩き伏せた。

「グランマ、怒ると身体に悪いよ。とりあえず、寝てて」

オスカーは苦笑しながら指先で老婦を指す。強い花の香りを嗅(か)いだ老婦は深い睡魔に襲われて、膝を地面についたが、素早く懐からナイフを取り出し、自らの脚に突き刺した。痛みに目をぎらつかせながら、足を踏ん張る。

「オスカー……ッ!!　お前を跡取りに指名した愚かな私の最後の仕事だ！　一族の務めとして、お前の息の根を止める！」

老婦の足元に血がしたたり落ちる。老婦は自らの脚を出血するほど突き刺し、痛みと強靱(きょうじん)な精神力でオスカーのオリジナル魔法を退(しりぞ)けようとしている。老婦は魔法の詠唱を始め、杖を空に向けた。

「うっそ、グランマすごいなぁ。精霊がたくさん集まってくるよ」

オスカーは見惚れるように老婦に賛辞を贈る。信じられないことに、老婦は強い魔法で異能力に抵抗している。空気が圧縮され、肌がぴりぴりする。

「おいおい、感心している場合かよ。こいつぁヤバい」

柱の陰からレスターが顔を出し、床に手のひらをつける。とたんにレスターの姿が、赤い獣に変わる。マリーとは違い、人の何倍もある大きな獣だ。たてがみをなびかせ、しなやかな身体に額には角を持っている。レスターは驚くべき速さで老婦に突進する。

「う、ぐ……っ!!」

レスターを避(よ)け切れず、老婦は壁近くまで跳ね飛ばされた。老婦が溜めていた大きな魔法は天井に放たれ、衝撃で床が揺れる。

「えーっ、ちょ、グランマってば、マジで俺を殺す気だったの？　軽くショックなんだけど」

魔法の威力に驚き、オスカーは老婦に近づくと、左手を老婦の顔に向ける。

「グランマ、怪我をさせたくないから少し眠ってて」

「女王陛下！」

オスカーが再び《誘惑の眠り》を発動するのとほぼ同時に、扉が開かれ、魔法団の制服をまとった一団が駆けつけた。そこにはレイモンド団長やニコル、大勢の魔法士に交じって、ノアやレオンもいる。魔法士はすぐさまジークフリートたちに杖を向け、呪文を詠唱する。オスカーの《誘惑の眠り》は突風によってオスカーの後方へ流された。軽く舌打ちして、オスカーがジークフリートの背後に回る。防御の魔法を使ったのだろう、魔法士が放つ火魔法を、水魔法の壁を作り出し塞き止める。

『ジークフリート様！』

マリーが別の扉から、ジークフリートの配下を率いて戻ってきた。ジークフリートは杖を床に向けて魔法の詠唱をした。とたんに床から闇の獣が次々と現れ、咆哮を上げて魔法士に突進していく。ジークフリートは杖をぐるぐると回し、低い声で呪文を唱え続ける。肌がひりつくほどの重圧を感じた。肌が粟立ち、背筋を震えが走る。

ジークフリートは床に折り重なって倒れている男女に近づいた。オスカーが眠らせた王家の血を引く者たちだった。そこには女王陛下とヘンリー王太子の妻、その息子や娘もいた。十人ほど倒れている。ジークフリートは杖で宙に円を描いた。

「《悪食の幽霊》よ、出でよ」

ジークフリートは円に向かって呼びかけた。すると、杖で描いた円から、白い人の形をしたものが姿を現した。マホロは声にならない悲鳴を上げた。それくらい衝撃的だった。ジークフリートは《悪食の幽霊》を呼び出せるのだ。それは以前、クリムゾン島の立ち入り禁止区で遭遇したおぞましい怪物だ。両目は黒く穴が空いただけで、身体全体に海藻らしきものが垂れ下がっている。動く者を見つけると一瞬で死に至らしめるという災厄を、ジークフリートは次々とこの場に呼び出す。

「我が命に従い、服従せよ。倒れている者の命を吸い取れ」

ジークフリートは驚くべきことに、《悪食の幽霊》を操っていた。七体の《悪食の幽霊》はジークフリートの命令に従い、動いている魔法士や闇の獣には見向きもせず、ゆらゆらと揺れながら倒れている男女の身体に入り込んでいく。すると、《悪食の幽霊》に憑かれた男女は、身体を痙攣させて、口から血を流して、恐怖に目を見開き、絶命した。《悪食の幽霊》は一度身体の中に入り込んで命を奪うと、一晩経つまではその身体の中に居座る。

「女王を先に殺せ！　数が足りなかったか……っ」

ジークフリートが苛立たしげに吐き捨てた瞬間、奇妙な出来事が起きた。目の前の空間が歪み、倒れている女王陛下の前に突然、人が現れたのだ。銀髪に赤い目の団長だった。ジークフリートは邪魔になる魔法士を近づけないよう距離を保って攻撃を行っていたので、唐突に現れた団長に、一瞬、虚を衝かれた。

団長は女王陛下と、一番近くにいた青年の身体を摑んだ。次の刹那、ジークフリートを見据えたまま、足元に魔法陣を呼び出す。

「貴様、まさか――」

ジークフリートが《悪食の幽霊》を差し向けようとした時には、団長と、団長が触れていた青年の姿が消失する。そこにはもう何もなく、幻を見ていたのではないかと錯覚しそうだった。

「何、今の」

オスカーが呆然と呟く。

「そうか、団長のギフトは《転移魔法》……っ、女王を連れていかれた」

ジークフリートは苦々しげに吐き捨てた。

「この辺が潮時か。撤退するぞ――」

団長の異能力を見誤っていたと悟ったジークフリートは、窓際に移動する。魔法士は闇の獣を剣で引き裂き、火魔法で敵の退路を断とうとしている。だが赤い獣と化したレスターは火に呑まれても火傷を負うこともなく、魔法団の魔法士を鋭い爪で引き裂き、陣形を崩していく。

「《悪食の幽霊》よ、奴らを食い尽くせ」

ジークフリートは円を描き、再び《悪食の幽霊》を呼び出した。円の中から無数に現れた《悪食の幽霊》が残りの王族と魔法士に向かってゆらゆらと歩きだす。どんな魔法も、攻撃も《悪食の幽霊》を素通りするばかりで、王族と魔法士は次々に身体を乗っ取られて倒れていく。

これでは皆殺しだ。一体だけでも凶悪なのに、次から次へと脅威が増えていく。どうにかしなければと、マホロは必死に念じた。

（あ……）

わずかに指先が動く。マホロは懸命に身体に力を入れた。瞼(まぶた)が痙攣するように揺れ、少しずつ、少しずつ神経が繋がっていくのを感じる。

「ジークフリート!!」

ジークフリートはマホロを担いだまま窓から撤退しようとしていた。《悪食の幽霊》のおかげで魔法団の攻撃の手が弛んだからだ。そこへノアが回り込んだ。ノアはジークフリートに支配されているマホロを見て、毛を逆立てる。

「絶対に、逃がさない!」

ノアはそう叫ぶなり、両手をジークフリートに向けた。唸(うな)り声(ごえ)を上げながら、ノアが拳(こぶし)を握る。するとジークフリートやオスカーの杖が音を立てて割れ、床に亀裂が走った。マリーや獣化した者たちが悲鳴を上げて宙に跳ね上がる。彼らの身体に無数の傷がつき、血飛沫(ちしぶき)が上がった。

「うっ、これは……ッ、ノア!」

オスカーが風魔法で空気を身体に巻きつけて防御しながら、声を引(ひ)き攣(つ)らせる。オスカーやジークフリート、マリーやレスターといった魔法を使える者はとっさに防御魔法を繰り出したが、魔法を使えないジークフリートの配下の者たちは、いっせいに断末魔の叫びを放った。

「うがあああ!!」

「ぐああ……ッ!!」

「ひぎゃああ!!」

あちこちで、骨が砕かれる鈍くおぞましい音が響き渡る。あっという間に床や天井に血が飛び散り、ある者は手足を千切られ、ある者は腹を裂かれ、一瞬にして倒れていく。その凄惨な光景に、ジークフリートたちだけではなく、魔法士たちも凍りついた。

瞬きする間に、大勢の命が消えた。

「う、う……」

ノアは長い黒髪を逆立てて、身体をわななかせていた。ジークフリートでさえ、この場の惨状に目を見開いていた。ノアは魔法を詠唱することなく、ジークフリートの大勢の配下を、殺戮したのだ。今やノアの身体の周りで火花が爆ぜている。いつもは華やかな美貌が大きく歪み、息は荒々しかった。

「《悪食の幽霊》よ、ノアを取り込め」

ジークフリートは揺れている《悪食の幽霊》に命じた。数体の《悪食の幽霊》がふらふらとノアに近づく。ところが、彼らは一定の距離まで進むと立ち止まり、くるりと向きを変えて離れてしまった。

「どうなっている⁉」

ジークフリートが苛立つ。当のノアは身の内に起きた力の暴走で、立っているのもやっとという状態だ。

「力が……、制御できない……っ」

呻くような声でそう呟くと、ノアが四肢を震わせる。マホロは焦燥する。早く止めなければ。もう少しで動けそうなのに。

「く……っ」

ジークフリートは痛みを堪えるような声を漏らすと、マホロを床に下ろし、背中にかばう。ジークフリートの腕が見えない圧力を受け、歪み始めていた。ノアのすさまじい気迫を前に、ジークフリートの腕が折れる音が聞こえた。痛みに顔を歪めながら、ジークフリートはノアを凝視する。防御魔法を押しのけ、ノアはジークフリートを殺そうとしている。だがノアの魔法の標的はジークフリートだけではなかった。ジークフリートの周囲にいる者すべてに見えない圧力が襲いかかっている。ジークフリートが背中にかばわなければ、マホロも四肢のどこかを切断されていただろう。

「貴様、その髪は……っ⁉」

ジークフリートが上擦った声を上げたのも無理はなかった。ノアの周囲の火花が勢いを増すごとに、ノアの黒い髪が、赤く変化し始めたのだ。

「ノア！　いけない！」

どこからかニコルの声がしたが、ノアは両方の耳をふさぎ、「うううああ！」と大声を上げた。とたんに床が崩れ、近くの柱が爆発したように吹き飛んだ。破片を受けて倒れたマリーがよろめくように起き上がった時には、全身に怪我を負っていた。それでも必死になってジークフリートのほうへ駆け寄る。

「あああ……ッ‼　許さない！　殺す、殺す‼」

ノアが絶叫する。完全に理性を失い、ジークフリートへの殺意に支配されている。床に空いた穴はどんどん広がっていき、建物が崩壊し始めた。ジークフリートは目を奪われたようにノアを見据えている。新たにすぐ近くの柱が崩れ、破片と煙で視界が悪くなる。

「そうか、お前に覚えた違和感は……。ノア——人を殺すのは、楽しいだろう？」

ジークフリートは腕が痛むはずなのに、愉悦を感じたように微笑んでいる。ノアの目が焦点を失い、「俺は、俺は……っ」と繰り返しながら床に膝をついた。ノアの周囲にあるもの全てが音を立てて破壊され、ひしゃげ、粉々になっていく。

——マホロは、急にうまく息が吸えるようになった。

身体の自由が戻ったのだ。ジークフリートの背後から抜け出し、崩れた床をすり抜け、息を喘(あえ)がせてノアの元へ走る。ジークフリートはハッとして、捕まえようとマホロに手を伸ばしたが、その時はすでに距離が開いていた。床が揺れて、ノアの破壊によって生じた破片で頬や腕を切った。それでもマホロは迷わずノアに向かった。

「ノア先輩！」

ノアは赤く逆立つ毛を振り乱し、唸り声を上げていた。ノアの周囲には強風が渦を巻いていた。近寄ることができず、ニコルが手をこまねいている。

「ノア先輩!!」

マホロはもう一度大声で呼びかけた。ノアが微かに顔を上げ、ノアを渦巻く強風が和らいだ。その隙にマホロはノアに抱きつき、乱れる髪ごと胸に抱え込んだ。

「俺は傍にいます！　ノア先輩！」

マホロは大声で叫び、ノアをきつく抱きしめた。望むままに腕を動かせることがこれほど嬉しいなんて思わなかった。渦巻く強風はマホロの髪や服、肌を切り裂いたが、それでも強く抱きしめ続けた。火花が散って、身体のあちこちが熱い。痺れるような痛みも。マホロの力が暴走した時、ノアもこうしてくれた。ノア先輩、あの日のことを思い出して。どうか、鎮まってほしい。

「マホ、ロ……」

ノアの目の焦点が定まるにつれて、ノアの周囲に渦巻いていた風も静かになっていき、やがて火花も消え去った。——だが、ノアの髪は赤いままだ。

「俺は……何を……」

ノアはうつろに呟き、マホロを見つめた。ノアは無意識のうちにマホロを抱きしめると、がっくりと力を失った。息遣いは苦しそうだが、マホロの腕の中だからか表情は穏やかだった。

「ジークフリートが逃げるぞ！」

魔法団の誰かが叫び、崩落しかけた建物の中を、人々が入り乱れた。マホロはノアを守るように抱きしめ続けていた。

ジークフリートたちが撤退してからも、その場は混乱を極めた。《悪食の幽霊》は全てその場に残っていた王族の身体や魔法士の身体に入り込んだ。《悪食の幽霊》が入り込んだ身体はもれなく絶命し、団員たちの怒号や嘆きが飛び交った。

ノアを抱きしめていたマホロに、顔を強張らせたニコルが駆け寄ってきた。ノアは気を失ったままだ。黒く長かった髪は、今、赤い。何故ノアの髪が赤くなったのか、マホロには分からない。ニコルが驚いていない理由も。

「マホロ、無事でよかった」

ニコルはしゃがみ込み、ノアの頬に手を当てた。ノアとマホロの手や頬、身体には無数の火傷の痕があり、ノアの赤い髪は焦げている部分もある。

「二人ともまとめて回復させるよ」

杖を取り出し、ニコルが水の回復魔法を唱える。温かな光が降り注いで、マホロの身体についた切り傷や火傷を治癒していく。視界には傷ついた人を治療する魔法士と、まだ息のある闇の獣を倒す近衛騎士の姿が映る。その中に、血の気を失った顔で王族の遺体を確認しているレオンの姿があった。

「団長！」

混乱している現場に、団長が戻ってきた。崩壊しかけている建物と現状に顔つきが険しい。

「女王陛下は安全な場所に避難なされた。余力のある者は逃亡者の追撃を。回復魔法で治らない怪我人は外へ運び出せ。ここは崩れるかもしれない」

団長はよく通る声で指示を出していく。女王陛下の無事と団長の顔を見てホッとしたのか、魔法士たちは目に見えて活力を取り戻した。

「う……」

マホロの腕の中でノアが目を覚ます。ニコルの回復魔法が効力を発揮した。ノアは顔を顰めて起き上がり、マホロを目にして唇を震わせた。

「マホロ……」

重そうに腕を上げると、ノアはマホロを抱きしめてくる。久しぶりに感じるノアの熱に、マホロの目に涙がじわっと盛り上がった。ノアは何度も繰り返しマホロの名前を口にする。

「ノア先輩、ごめんなさい。俺、身動きがとれなくて……」

ジークフリートの下にいる間、ノアがどれほどマホロを思って心を病んでいたか想像すると、申し訳なくて涙が止まらなくなる。ノアはマホロの髪や頬に口づける。

「ノアせ――」

言いかけた言葉をキスでふさがれ、マホロは黙ってノアの背中に手を回した。深いキスをするノアの背後に、団長が立つ。その隣に並んだニコルは苦渋の表情を浮かべている。

「ノア・セント・ジョーンズ」

団長が背中越しに名前を呼ぶ。ノアはマホロから唇を離し、邪魔をするなという表情で団長を振り返る。

「私は魔法団団長、レイモンド・ジャーマン・リードだ」

団長はマホロと目を合わせると、落ちついた声音で名乗った。

「ノア。敵を追い払ってくれた功労は承知しているが、貴殿のその髪色について詮議しなければならない。申し訳ないが、貴殿を拘束する」

事務的に団長が言う。マホロは鼓動が跳ね上がって、助けを求めるようにニコルを見上げた。ニコルは苦しそうに目を逸らす。

ノアの髪色――ノアは今、赤毛になっている。この国では赤毛は闇魔法の一族を意味する。ノアの髪はほんの少し前までは黒だったのに。

「そんな……」

マホロはノアに抱きつき、すがるような眼差しを団長に向けた。

「断ったら？」

ノアは鬱陶しそうに団長を仰いで言う。

「抵抗はしてほしくない。貴殿の働きに感謝している面もあるからな。そちらの少年と離れたくないなら、一緒に拘束しよう」

団長が眉を上げてそう答えると、魔法士を呼び出す。ノアはマホロをちらりと見やり、ため息をこぼした。イザベルと名乗った女性魔法士が、青ざめた面持ちでノアの前に立つ。

「分かった、こいつと一緒なら従おう。言っておくけど、俺も何で髪が赤くなったか分からないんだ」

ノアはマホロの肩に腕を回しながら、だるそうに腰を上げた。マホロも立ち上がったが、不安になってノアに寄り添った。ニコルは何か言いたげに団長を見たが、唇を噛み、杖をしまった。

「ではイザベル、二人を魔法団の地下の隔離室へ」

「了解しました」

イザベルは敬礼し、杖を取り出して呪文を詠唱した。するとマホロとノアの手首に枷が嵌められる。

「こんなものなくとも、抵抗しないと言っただろう」

ノアは物騒な目つきでイザベルを見下ろし、次の瞬間には手枷を粉々に砕いた。ノアの持つ異能力《空間関与》の力だろう。イザベルがたじろぎ、団長を窺う。団長が鷹揚に頷いたので、イザベルは「こちらです」と怯えた声でノアとマホロを促した。

「ニコル、後で話がある」

イザベルの後をついていく途中で、団長がニコルに囁く声が聞こえた。ノアもニコルを振り返った。

「兄は何か知っている」

ノアは小さく呟き、マホロの肩を抱き寄せた。

マホロはイザベルの背中を追いながら、騒然としている辺りを眺めた。多くの死者と怪我人がいた。魔法士が《悪食の幽霊》に殺された者をどうするべきか、激しい論戦を交わしている。《悪食の幽霊》が身体に入り込んだら最後、遺体を焼くしかないと校長は言っていた。そうしなければ一晩経って遺体が起き上がり、また別の者を殺すからだ。土葬が一般的なこの国では、遺体を焼くのは犯罪者か疫病にかかって亡くなったことを意味する。遺族にとって耐え難い苦しみを与える行為となる。特に今回、王族のほとんどが《悪食の幽霊》によって殺されてしまった。

一体どうするのだろう。

（ノア先輩……）

そして何よりも、恐ろしい威力を発揮したノアが問題だ。異能力によって、あやうく王宮を破壊するところだった。今も一部の床の崩壊は続いていて、下の階の内装が見えている。ジークフリートもノアの力がこれほどとは思っていなかったはずだ。団長の能力も見誤っていたし、だからこそ計画の途中で撤退するという道を選んだ。ジークフリートは《悪食の幽霊》をいくらでも呼び出せる様子だった。おそらく《悪食の幽霊》は闇の獣と同じく、闇魔法の一族が扱えるものなのだ。《悪食の幽霊》には魔法も効かなければ、剣もすり抜ける。魔法攻撃も物理的攻撃も意味をなさない。しかも彼らはジークフリートの命令を聞いていた。

（《悪食の幽霊》はどうしてノア先輩を襲うのをやめたのだろう。まさか、ノア先輩が闇魔法の一族だから……？　ノア先輩は火魔法の一族じゃなかったのか？　そういえば、立ち入り禁止区の地下道で、《悪食の幽霊》はノア先輩をじっと眺めていた……）

頭の中にいくつもの記憶がフラッシュバックした。マホロは混乱したまま歩いた。


マホロとノアは、王宮の隣に建っている魔法団の本部へ連れていかれた。魂だけの状態の時に上空から見降ろした石造りの四階建ての建物だった。ここは魔法団の団員が使う練習場や会議室、宿舎などがある大きな施設だ。イザベルは正面玄関から続く長い廊下を渡り、奥の階段から地下へとマホロたちを誘導した。

地下には淡い光を放つ壁が続いていて、一つ一つの部屋に魔法陣が描かれていた。大小さまざまな部屋がある中、イザベルはマホロたちを一番奥の部屋へ案内した。

「処遇が決まるまで、おふたりはこちらにいて下さい。ここでは魔法が使えないよう、結界を張っております」

イザベルはちらりとノアを見やり、言いづらそうに説明する。広い室内にはベッドが壁際に一つ置かれているだけで、あとは簡易トイレがあるだけだ。牢屋(ろうや)に近い部屋と言っていいかもしれない。ノアが不満そうな顔をしたのが分かったのか、イザベルはそそくさと部屋を出ていった。イザベルが部屋を出るとドアが自動で閉まり、壁一面に魔法陣が光って消える。思わずマホロがドアに手をかけると、軽い痺れが襲ってくる。

「マホロ、こっちへ」

ノアはドアのことなどどうでもいいと言わんばかりに、ベッドに座ってマホロを呼んだ。マホロが急いで近寄ると、隣に座らせ、じっと見つめてくる。久しぶりに生身の身体でノアと会い、マホロはどきどきしてきて、瞬きをした。宝石のように美しいノアの瞳がマホロを見つめている。赤い髪は慣れなくて不思議だが、ノアの美しさを損なうものではなかった。闘いと力の暴走のせいで、制服やマントは焦げたり裂けたりしてひどいものだ。

「やっと戻ってきた」

ノアはマホロの頰を撫で、強引に口づける。ノアの吐息や匂い、熱を感じて、マホロは頰を紅潮させた。

「ノア先輩、俺、オスカー先輩に……」

急に消えたマホロを誤解していないかと、マホロは口づけの合間に説明しようとした。

「それは後でいい」

ノアはマホロの話よりキスに夢中で、何度も深くマホロの唇を吸ってくる。髪や顔を撫でられ、背中に回した手で身体を引き寄せられた。話す暇もないほど口づけられ、マホロは息を荒らげた。ノアの唇が首筋に下り、きつく吸われて、びくりと身体を揺らす。

「ノア先輩！　ここで、これ以上は駄目です！」

ノアの手が妖しい動きで身体に触れてきて、マホロは大声を上げてノアの胸を突き返した。この人は自分たちが捕らえられているのを分かっているのだろうか？

「駄目か？　俺は今すぐお前を抱きたい」

押しのけようとするマホロの指を唇で食み、ノアが呟く。本気でこんな場所で性行為をするつもりかと、マホロは唖然とした。

「駄目に決まってるじゃないですか！　ノア先輩、今の状況分かってますか⁉　ノア先輩のこの髪……、下手したら処刑ものなんですよ？」

マホロはノアの髪に触れ、困惑して言った。この国では赤毛の持ち主は捕らえられて審問会に引きずり出される。闇魔法の一族を表す赤髪は、たとえ染めたものであっても、謀反の疑いのある者として軍の監視下に置かれるのだ。赤く染めるだけでその状況なのに、ノアの赤髪はどう見ても生まれながらのものに見える。

「お前は俺が闇魔法の一族だと思うか？」

マホロの顎(あご)を持ち上げ、ノアが冷静に問う。

「それは……分かりません。そうじゃないといいと思いますけど……」

マホロは小さい声で答えた。ノアが国から糾弾されるなんて、想像するだけでつらい。

「そうなのか？　俺は闇魔法の一族だったらいいと思っているのに」

ノアの思いがけない発言に、マホロはびっくりした。よりによって、闇魔法の一族になりたいなんて、頭がおかしくなったとしか思えない。

「そう変な目で見るな。忘れているようだが、闇魔法の一族なら、お前と結ばれることができるだろう？　ジークフリートと同じ立場になれる。だから俺は今すぐここでお前を抱いて、それを確かめたい」

マホロの手の甲にキスをして、ノアが目を輝かせて言う。

「それは……そう、かもですが、でも、そんなことくらいで？」

ノアの気持ちが理解できなくて、マホロは顔が引き攣った。処刑されるかもしれない身の上より、自分と性行為をするほうが大事だというのか？　この人の価値観はどうなっているのだろうとマホロは戸惑いを隠せなかった。闇魔法の一族が辿った歴史を忘れてしまったのだろうか？

「俺にとっては大事なことだ。他はどうでもいい。もし俺が闇魔法の一族だとしたら、父が浮気した相手が闇魔法の一族だったということだろう。あの父にそんな禁忌の恋があったとは信じがたいが、こうなった今は感謝している。俺がお前に惹かれたのも、半分闇魔法の血を継いでいるからかもしれない。いや、ひょっとして俺は父の子ですらないのかもな。ジークフリートがサミュエル・ボールドウィンに引き取られたように、俺も父に引き取られたのかも。あの父が闇魔法の一族の子を引き取るなどありえない気がするが」

ノアは愛しげにマホロの頬を撫で、他人事のように述べる。妙な違和感を覚え、マホロは眉を顰める。ノアはマホロと結ばれること以外、考えていないようだ。先ほどの闘いで、精神的におかしくなったのだろうか？

「ノア先輩……、どうでもいいって……力が暴走したこともどうでもいいんですか？　ノア先輩の味方も……亡くなった方もたくさんいて」

マホロは違和感の正体を確かめたくて、遠回しに問いかけた。敵とはいえ、ノアは多くの人を殺した。もしマホロだったら、罪の意識で死にたくなる。ノアはどう思っているのだろう？　それに、闘いで魔法士たちも多く傷ついた。死者も出ている。王族に至っては、かなりの人が殺された。

「ああ……。そうだな……」

マホロに言われて初めてそれについて思いを馳せたようで、ノアの視線が宙に移動した。だがすぐにマホロに視線を戻し、苦笑する。

「異能力でたくさん殺したな。魔法士も幾人か死んだようだ。お前はそれを嘆けと言っているんだろう？　お前に嘘はつきたくないから正直に言うよ。何人死のうが、誰が死のうが、お前でなければ、俺にとってはどうでもいい話だ」

心底どうでもいいことのようにノアが言い、マホロは動悸が激しくなった。ノアとジークフリートが一瞬重なったのだ。

「ジークフリートは俺に、人を殺すのは楽しいだろうと言ったな。楽しくはないが、つらくもない。俺の心は何も感じない。魔法士に知り合いはいないし、敵に至っては、良心の呵責など全くない。俺の邪魔をしようとした奴を排除した。それだけのことだ」

マホロにはノアが心の底からそう思っているのが伝わってきた。ノアは赤毛になって変わってしまったのだろうか？　それとも昔からこうだったのか。分からないが、ショックだった。ノアが平気で人を殺せるのが。それではジークフリートと同じではないか。

「泣くような話だったか？」

頬に触れていたノアの手が引っ込み、驚いたように顔を覗き込まれた。マホロは自分が泣いていたのに気づき、落ちてきた涙を拭った。ノアの何も感じない心が悲しくて、涙が勝手に落ちてきた。マホロが死にそうになった時にノアは精神が崩壊しかけたのに、それ以外の名もなき人が死んでも虫が死んだくらいの気持ちにしかなれないのだ。自分が感傷的すぎるのだろうか？　ノアには本当に闇魔法の血が流れているのだろうか。そのせいなのだろうか。だとしたら、今後ノアがジークフリートのようにならないと、何故言い切れる。

「黙って泣かれると、すごく咎められているような気になる。俺がこういう人間だとお前は理解していると思っていた。そうだな……お前といる時は、感情が豊かになるから分からなかったんだな」

　赤毛をがりがりと掻いて、ノアが大きなため息をこぼす。

「俺はもともとこんな感じだよ。昔から他人に興味を持てなかった」

　涙を拭うマホロを見やり、ノアが素っ気なく語る。

「でも……ニコルさんや、お母さんのことを……」

　マホロは呼吸を整えて、ノアを見つめた。

「母やニコルには愛情を持っている。長く一緒にいたから、テオやオスカー、レオンにも情はある。だがそれだけだ。それ以外は俺にとってどうでもいい。いや、今、口にした人でさえ、何かあったら俺は躊躇なく切り捨てるだろう。だから俺は、お前にこれほど感情が動くのが不思議でならなかった」

　ノアは嘘偽りない心情をマホロに明かした。包み隠さず伝えてくれるノアを恐ろしいと思ったり抱きしめたいと思ったり、胸中は複雑だった。マホロが思っていた以上に、ノアは独特な感性を持っている。

「今、分かった。俺がジークフリートを好きじゃなかった理由。同族嫌悪ってやつだな」

　思いついたようにノアが言い、何故かおかしそうに笑った。その笑いが小さくなり、ふっと鋭い目で振り返ってくる。

「俺を——嫌いになったか？」

感情を押し殺した声で問われ、マホロは胸が締めつけられるように痛くなった。ノアの周囲の空気が張りつめ、マホロの答え次第では激高しそうな雰囲気が漂った。他はどうでもいいと言い切るノアだが、マホロの答えだけは特別視している。

「ノア先輩が好きです。だからとても悲しい」

マホロは痛む胸を押さえて告げた。張りつめた空気が和らぎ、ノアは表情を緩めるとホッとしたようにマホロを抱き寄せる。

「俺は——」

ノアが言いかけた時、ドアが魔法陣を描いて光った。ドアが開いて、校長が駆け込むように入ってくる。

「マホロ君！」

校長はベッドに座っているマホロを見るなり、声を上げた。ノアが肩から手を離して、校長の背後を見やった。校長の後ろには、魔法団団長がいた。感情を見せない性質なのか、にこりともせずドアの前に立っている。

「無事でよかった！　君を守るつもりだったのに、こんなことになって本当に申し訳なかった」

校長はマホロの無事な姿を見て、安堵したように抱きしめる。マホロは立ち上がって校長の背中に手を回し、胸を熱くした。校長はわずかな間だが一緒に暮らしていた間柄なので、マホロも再会できて嬉しかった。

校長はマホロを抱きしめながら、ノアに目を向けた。そして後ろにいる団長に目配せをする。

二人の間で暗黙の了解があったようで、マホロは気になった。

「マホロ君、確認させてほしい。君はオスカーに連れ去られたのか？」

マホロの肩に手を置き、校長が悩ましげにそっと眉根を寄せて問いただす。

「は、はい……。《誘惑の眠り》をかけられて、ジーク様の……いえ、彼……のところに連れていかれました。その後は彼の《人心操作》で何もできなくなって……」

ジークフリートを呼び捨てにすることはまだできず、マホロがたどたどしく言うと、校長がぎゅっと唇を噛んだ。きっとオスカーの裏切りを憂いているのに違いないとマホロは心苦しくなった。マホロにも未だにオスカーの真意は分からない。ローエン士官学校で皆と仲良くやっていたと思っていたのに、どうしてジークフリートに手を貸しているのか。

「レイモンド、マホロ君をこんな場所に閉じ込めないでくれ。マホロ君は聞いた通り、不可抗力で連れ去られただけだ。話を聞くにしても、別室でいいだろう？」

校長が団長を振り返り、強い口調で言う。

「あの……っ、俺のせいで被害を……」

マホロは魂が身体から離れていた間、自分が何をしていたか記憶がない。魂が身体に戻った時には、闘いの最中だった。団長を前にして今さらながら、マホロは青ざめた。

「私に謝罪は無用だ。だが、君にはいろいろ聞きたいことがある。別室に移動してもらえるか？」

団長の赤い目にじっと見つめられ、マホロは緊張して「は、はい」と頷いた。銀髪に赤い瞳の団長の独特な容姿は自分と少し似ていて気になった。

「ちょっと待て、マホロが行くなら俺も行く」

マホロの腕を校長が引くと、ノアが反対の腕をとって止めた。

「貴殿にはここにいてもらう。貴殿については調査が必要だ」

団長は涼しげな目でノアを手で制す。苛立ったようにノアの顔が歪み、背後でべこりとドアがひしゃげる音がした。振り向くと、ドアが大きく歪んでいる。

「魔法が使えなくとも、ギフトの力は使えるようだな？」

ノアは嘲るような笑みを浮かべ、ドアを顎でしゃくる。この部屋では魔法が使えないよう結界が張ってあるとイザベルが言っていた。けれど、ノアの持つ《空間関与》の異能力は健在だ。その気になれば、ノアは簡単にここを出ていける。

「ノア、君ってやつはもう……」

校長が頭を抱える。団長はノアの異能力を目の当たりにしても、表情ひとつ変えなかった。そういえば団長も闘いの場で不思議な力を使っていた――《転移魔法》とジークフリートは言っていた。

「マホロ、彼は四賢者と呼ばれるうちの一人、以前話していたギフトをもらった男さ」

校長に説明され、マホロは驚いて団長を仰いだ。魔法団の団長は四賢者の一人だったのか。校長は昔、立ち入り禁止区で司祭に会った時、その場にいた四賢者のうち一人しかギフトをもらえなかったと言っていた。だとしたら彼も何か大事なものを喪ったのか。

「彼は君の言葉しか聞かないようだ。この場に留まるよう、言い聞かせてくれないか。セント・ジョーンズ家の直系の子息が赤毛になったという話は、あっという間に広まっている。彼が自由に出歩くと、軋轢が生じるだろう」

静かな口調で団長がマホロに話しかけてきた。マホロとノアの関係性をよく理解しているらしい。マホロは戸惑いながらもノアの手を取った。

「ノア先輩、俺なら大丈夫ですから、しばらくここで大人しくしててください。外に出るのは危険です」

マホロがぎゅっと手を握りながら言い含めると、ノアは面白くなさそうに鼻を鳴らした。だが、赤毛で外を出歩くのは危険だとノアも分かっているのだろう。これみよがしのため息をこぼして、ベッドに寝転んだ。

「仕方ないな、しばらくの間は大人しくしてやるよ」

不承不承といった態でノアが頷き、マホロは顔をほころばせた。ノアが無謀な真似をしないでくれてよかった。ノアは強いが、向かってくる相手を問答無用で排除し続けたら、いつか破滅が訪れるに決まっている。

「大人しくしていてやるが、もっとマシな部屋はないのか？　こんな硬いベッドじゃ眠れない。壁も床も味気ないし、応接セットくらいないのか？」

ノアは団長に対して臆するそぶりもなく、平然と要求を伝える。ノアの態度に団長が気を悪くするのではないかと思ったが、団長は嵌めていた黒い手袋を外し、宙に円を描き始めた。

「わぁっ！」

空間からいきなり凝った意匠のベッドが現れて、マホロはびっくりして飛び退った。団長は次から次へと空間から長椅子やテーブル、クローゼットやランプ、猫脚のバスタブまで取り出す。ノアが寝ていた簡素なベッドを空間に浮かべると、くるりとノアに向き直った。

「他に要望は？」

団長に無表情で聞かれ、さすがのノアも呆気に取られて「満足だ」と告げた。一体どうなっているのだろう？　空間から物が出現した。

「彼のギフトは《転移魔法》。物質をA地点からB地点に動かすことができる。自分や、触れた相手を別の場所に移動させることもできる」

校長が目を丸くしているマホロに笑いながら教えてくれる。この異能力で女王陛下をあの場から逃がしたのか。

「人を転移させるのは難しい。自分も移動しなければならないし、戻ってくるのに時間がかかる。あの時は他に手がなく、女王陛下を移動させたが……。とっさのことで、手の届く場所にいたアルフレッド殿下を助けることができたが、他の王族は助けられなかった」

団長が再び手袋を嵌めて呟く。もしかすると団長の手袋は、ノアのチョーカーと同じ役割があるのだろうか。

部屋が一気に居心地がよくなり、調度品が整えられると、ノアはクローゼットを開けて替えの服を取り出した。

「寮に置いてある俺のクローゼットじゃないか、どうやって呼び出したんだ」

ノアはぶつぶつ言いながら、ボロボロになった制服を脱ぎ始める。マホロは校長に促されて、ノアを気にしつつ、団長と部屋を出た。ノアの異能力で凹んだドアはひん曲がっていて、修理が必要だった。

マホロは上の階に行った。三階の奥に来客用の部屋があり、マホロはそこで団長と校長からこれまでの経緯の説明を求められた。長椅子にマホロと校長が並んで座り、向かいの一人がけのソファに団長が座った。マホロの話は魔法具の録音機に収められるそうだ。

「連れ去られた時はほとんど眠らされていたので、場所については分かりません。どこかの村だと思いますが、そこには俺が知る限り数時間しかいなかったと思います。彼、は、村人全員を……闇魔法で……」

ジークフリートの命令で死んでいった村人の悲惨な姿が脳裏に蘇って、マホロは言葉を詰まらせた。村人が全員自死した話をしたが、思い出していると途中で息がしにくくなり、最後まで話せなくなった。長椅子に座っていたマホロは前のめりになり、肩を上下させる。

「分かっている、おそらく君たちが移動した四、五時間後に私たちも村に辿り着いた。思い出さなくていいよ。ただ一つ言っておこう。数人だが、生き残った村人がいた。隠れていて無事だった子どもたちがいたんだ。あと灯台守をしていた男は、ジークフリートが去った後、異能力が解けた。ジークフリートの異能力は、物理的距離が開くと解けると思って間違いないね？」

過呼吸になりかけたマホロの背中を摩り、校長が優しく言う。生き残った人がいたのは、少なくとも救いになった。

「はい……。そうだと思います。距離は村二つ分、だそうです。《人心操作》と言っていました……」

ジークフリートの魔法は物理的距離が開けば解けると、水の精霊ベラも言っていた。

「だとすると、ジークフリートの異能力は、王宮内にいる人間は平気で操れるということになるね。実際、異能力のせいで近衛騎士や近衛兵は、ジークフリートが去るまで味方同士で闘い続けていた。とても強大な力だ。闘いの場は大混乱だった」

校長は真剣な面持ちになって、向かいに座っている団長を見やる。

「ジークフリートの目を見ると、奴の信奉者になるということか」

団長は顎の下で手を組み、ふうと息を吐く。

「その後……別の村に移動しました。あの、魔法団にシャルル……という人はいますか？」

マホロは殺されてしまったシャルルを思い出し、団長に問いかけた。団長の顔がかすかに歪み、小さく頷く。

「やはり敵に捕らえられていたのか」

魔法団の話し合いの場でもシャルルの名前は出ていた。今さらながらあの時見た光景は現実に起きた出来事なのだと恐ろしくなる。

「シャルル……さんは、彼、の魔法で……王族が集まる場所や日時を自白させられていました。団長の異能力についても……、でもシャルルさんは『速く走れる』と勘違いしていて」

　マホロが明かすと、団長は無念そうに額を撫でた。

「私は空間を移動することで、目的地に早く辿りつくことができる。シャルルは魔法団に入って日が浅いので《転移魔法》の応用をどこかで見て、そう思い込んだのだろう。ジークフリートが私の異能力を正確に把握していたら、まっさきに女王陛下は殺されていた。あるいは私を狙ったはずだ」

「シャルルさんは……彼、の仲間に殺されました。奥さんのことを心配していて、愛していると伝えてくれと言われて……」

　マホロが当時を思い返してうつむくと、校長が励ますように背中に触れた。

「ジークフリートの仲間について知っていることを教えてほしい」

　校長も団長もその件について特に重要視しているらしく、空気が重くなった。

「レスターと呼ばれる人と、オスカー先輩、マリーもいました。あと銀縁眼鏡の男の人が……名前は知りません。その人が毒でシャルルさんを殺しました。とても嫌な感じの人で……殺しが趣味のような……。それと……竜使いのアンジーという人もいました。彼は嫌々従っているように俺には見えました」

　あの場にいた他の部下たちについても、マホロは思い出す限り伝えた。大半はノアの力の暴走で死体となったが、生き残っているメンバーも少なからずいるはずだ。

「銀縁眼鏡の男か……。刑務所から脱走したラドクリフかもしれない。快楽殺人で大勢の人を殺すという大罪を犯した男だ。こいつか？」

団長は棚のファイルを取り出し、写真を見せる。マホロは即座に頷いた。

「彼は魔法回路を持っていない」

ラドクリフの写真を見返し、団長が呟く。マホロはびっくりした。てっきりジークフリートの配下は皆魔法が使えると思っていた。だが考えてみれば、魔法を使っていなかった者も大勢いた。

「魔法回路を持たない者の中には、魔法が幅を利(き)かせているこの国に対する憤懣(ふんまん)を抱えている者も多い。ジークフリートは彼らのそういった心を利用しているのだろう」

ラドクリフの写真をしまい込み、団長はマホロをじっと見据えた。

「ジークフリートは大量の魔法石を奪い取った。その魔法石をアジトのどこかで見かけたか？　彼らは魔法石をどこへ隠しているのだろうか？　とても使いきれる量ではない」

団長に質問され、マホロは動揺して口元に手を当てた。

（魔法石は……竜に食べさせているのだ！）

反乱を起こしたジークフリート一派は、大量の魔法石を各地の保管所から奪った。それらの行方は今のところ分かっていない。団長でさえ、どこかにまだ隠し持っていると考えている。けれど、マホロは魔法石の別の使い道を知っている。死にかけた際、マギステルと呼んでいた司祭が教えてくれた。竜に大量の魔法石を食べさせて、その心臓を取り出すと、特別な魔法石になると。つまり、マホロの心臓に埋め込まれている、魔法増幅器――。これが移植できれば、光の民は短命の運命から逃れられる。

（だからって、それを明かしていいのか⁉）

マホロは激しく迷った。この事実を知っている者は少ない。もし知っていれば、竜に魔法石を大量に食べさせ、魔法増幅器として扱っていただろう。そのまま使えるのか、人の身体に埋め込まなければ使えないのかまでは分からない。けれど、この情報はとても危険だ。

もしかしてジークフリートは知っていたのか。だから大量の魔法石を奪ったのか。

「魔法石は……見ていません。どこにあるかは知らないんです」

マホロは悩んだ末に、そう答えた。見ていないのは事実なので、そう言うしかなかった。ジークフリートが竜使いのアンジーを仲間に引き込んだ理由がおぼろげに察せられた。アンジーがジークフリートに対して敵意を向ける理由も。

(これは誰にも話してはいけない……)

マホロは自分の胸に収めることを決意した。幸い、団長は何か言いたげだったが、それ以上聞いてこなかった。

「ところで先ほどシャルルの遺言を伝えてくれたが、操られていたシャルルが遺言を残せたのか？　しかも毒を飲まされたのに？」

団長は何げなく話したマホロの言葉を、きちんと聞いていた。マホロはそこから先の話をどう伝えるべきか悩んで、つい無言になってしまった。

「君はあの闘いの最中も、ずっとジークフリートの傍にいた。どうして自由に動くことができたのだ？」

団長の眼差しは鋭くて、長く黙っているとあらぬ疑いをかけられそうだった。

「あの……信じてもらえるかどうか分かりませんが……」

マホロは校長と団長を交互に見やり、おずおずと話しだした。

「俺……シャルルさんの身体から、魂、みたいなものが抜け出るのを見たんです」

笑われるか、呆れられるか不安だったが、マホロは思い切って言った。二人とも、一瞬戸惑ったように視線を交わしてマホロに視線を戻す。

「死んだはずのシャルルさんが、すごく嘆いていて。彼は俺に触れてきました。その時、俺も身体から魂が抜けちゃったんです」

マホロは窺うように二人を見る。続けてくれ、と団長に促される。

「魂だけになった俺は、自由に外へ飛び出せました。あの……皆さんが会議している場面にもいたんです。太った貴族の方とノア先輩が言い争ってましたよね？」

マホロは自分が見た光景を細かく団長に話した。団長の目に熱のようなものが宿ったのをマホロは感じた。

「その後、俺はクリムゾン島へ行き、光の精霊王に会いました。光の精霊王が俺の身体の自由を取り戻してくれたんです。ただ、その際に俺は時渡りというものをしてしまったらしく、話の途中で光の精霊王から身体に戻るよう言われました。時渡りをすると、時間が経過してしまい、長く身体から離れるので元に戻れなくなることがあるそうです。だからシャルルさんが亡くなった後の俺の身体のほうの記憶は、あの闘いの場まで抜けています」

信じてくれるか案じながら、マホロは自分の身に起きた出来事を語った。

「時渡り……、ひょっとして過去か未来へ行ったのか？　くわしく話してほしい」

団長が身を乗り出して言う。校長も興味津々だ。

「俺が視たのは過去です。士官学校の制服姿の彼が演習場の森で召喚術を行っていました。召喚したのは彼の父親のアレクサンダー・ヴァレンティノでした。アレクサンダーは、彼にギフトをもらいに行けと言っていました。その後、あの水晶宮で彼がギフトをもらう瞬間も視ました。彼は《人心操作》という異能力を得た代わりに……心を喪ってしまったんです」

マホロは自分の視たものを包み隠さず話した。聞き終えた校長は背もたれに身体を預け、息をついた。団長は厳しく結ばれていた口元を緩め、笑みを浮かべている。

「君は確かに光魔法の一族らしい」

団長が微笑みつつ、マホロを愛しげに見つめる。

「ああ。まさに光魔法の一族のみに赦された魔法を使っている」

校長はどっと疲れたように、天井を仰ぐ。

「信じてくれるんですか？　でも俺、身体の自由が利くようになってから、精霊が視えなくなったんです。魂だけの時ははっきり視えたのに」

そうなのだ、あの時はたくさん視えた精霊が、身体に戻ってからは何も視えなくなった。魔法を使う時には精霊が集まるから、闘いの場には精霊がたくさんいたはずなのだが。

マホロががっかりして言うと、校長がふむと顎を撫でる。

「我々も光魔法の一族にくわしくはないからなぁ。光魔法の一族ならいつでも精霊を視られる

「……というわけではないのかもしれないし」

　校長はちらりと団長に視線を向け、ふっと表情を硬くした。

「シャルルの遺体が川から発見されたのは三日前で、死後四日経過しているという見立てだった。ジークフリートたちは王族が一堂に会する、あの儀式の存在を知ったのだね」

　団長はシャルルの死を悼むように目を伏せた。

「王宮で暮らしている王族は、秘密の通路を使って真珠の塔に集まっていた。近衛兵と近衛騎士、魔法団で王宮の周りは固めていたが、正面の入り口と、地下水路、空からの三カ所に分かれて敵は襲撃してきた。空と正面入り口はおそらく陽動で、正面入り口から獣化したジークフリートの部下たちが侵入した。そこにジークフリートがいたため、闇の獣も呼び出し、多くの死傷者が出た。本命は王宮の裏手にある濠から向かったグループだ。そちらにはオスカーがいて、そのルートを見張っていた近衛兵と魔法士は全員眠らされてしまった。オスカーの《誘惑の眠り》を警戒して定期的に風を流すよう徹底させていたが、城内は空気が溜まりやすい場が多くてね、《誘惑の眠り》の威力は大きかった」

　団長が当時の状況を説明してくれた。マホロの魂が身体に戻ったのは、地下水路から向かったオスカーが広間に着いた頃だろう。殺傷能力はないが、オスカーの異能力は強く、敵が多ければ多いほど効果を発揮する。

「あの……オスカー先輩のおばあちゃんがいたと思うのですが……」

　マホロはふと思い出して尋ねた。あの老婦は無事だろうか？

「エミリーなら命に別状はない。今は血族の者が面倒を見ているよ。オスカーの異能力を退けたのはさすがとしか言いようがないね」

よかった、とマホロは胸を撫で下ろした。老婦——エミリーはオスカーに対して強い責任感を抱いているようだった。きっと可愛がっていたのだろう。孫を止めなければと、必死だったに違いない。

「——ノア先輩、どうなるのでしょう」

マホロは一番気になっていた問題を、団長と校長の顔を交互に見て問うた。ノアの赤くなった髪は、何を意味するのだろう。ノアは本当に闇魔法の一族の血を引いているのだろうか。もし引いていたとしたら、この先、ノアはどうなってしまうのだろう？

「赤毛で、なおかつ闇魔法の一族の血を引いている者は、処刑されるのが通例だ」

団長に断言されて、マホロは顔を強張らせた。本当にそんな理由で処刑されてしまうのか。

「——だが、これまでノアはまごうことなき火魔法の一族だった。何が変質したのか不明だが……ダイアナ、先ほどノアに会った時、私には闇の精霊は視えなかった。君はどうだ？」

団長が校長に確認する。団長も校長も精霊を視る目を持っているのだ。四賢者と呼ばれるくらいだから当たり前かもしれない。

「ああ。彼の周りには火魔法の精霊しかいなかった。もちろん闇魔法を使っていないからかもしれないが……。とりあえず髪を黒く染めれば、お偉方はごまかせるだろう。一般人の噂は、鎮まるのを待つしかない。ノアを処刑させるわけにはいかない。現状、重要な戦力だ」

校長が平然と言い、マホロは胸がざわめいた。ごまかせる、なんて——校長はノアが闇魔法の一族の血を引いていると思っているのだろうか。

「髪の色が変容したのは、お偉方や魔法士たちには異能力が暴走したせいとでも言っておくか。異能力を持つ俺が言えば、真実味が増すだろう。ニコルはこの件に関して何か知っているようだが、固く口を閉ざしている。それにダイアナ、あなたも何か知っているようだが、ここで明かす気はないんだろう？」

マホロの疑問を代弁するように団長が校長を見据えて言った。校長とニコルは、ノアの秘密を知っている？　校長は団長の問いに肩をすくめただけで、何も答えなかった。

「セオドア殿に質さねばならない問題だな。もしノアが闇魔法の一族の血を引いているなら、闇魔法の一族の女性と関係を持ったとしか考えられない。だとしたら、アレクサンダー・ヴァレンティノがクーデターを起こした事件に関する相手か……？」

団長の独り言めいた呟きに、マホロはぎくりとした。ジークフリートとノアは年齢も近い。ノアの父親が敵であるはずの女性と浮気したなんて信じられないが、筋は通る。

「私は何も言わないよ。女王陛下の判断を待つのみだ」

校長はにこりともせず言った。校長がそう言うなら、この件は女王陛下の判断に委ねられるのだろう。

「……とりあえず、マホロ。君はしばらく魔法団の宿舎に留まってほしい。魔法具は壊されてしまったようだが、念のため、またつけてもらえるか」

改めてマホロの話になり、団長が引き出しから、魔法具を取り出した。前と同じ銀色の輪っかで、居場所を追跡できるものだ。罪人が嵌めるものだが、マホロは仕方なくそれを受け入れた。団長がマホロの足首に魔法具を嵌める。

「ところで君は、魔法を増幅させる力を持っていると聞いた。現在、我々は多くの負傷者を抱えている。手持ちの魔法石も限られているため、水魔法と風魔法の血族の者に、魔法石を使わない回復魔法で治療に当たらせているのだが、ぜひ君に立ち会ってほしい」

団長に言われ、マホロはせめてもの償いにと頷いた。

「マホロ君、君の力は悪い方面に利用されてしまったが、いい方面にだって使えるんだよ。だから、胸を痛めるよりもできることを考えていこう」

校長が立ち上がってマホロの肩を抱いた。

負傷者は魔法団の建物の一階にあるホールに集められていた。回復魔法を使える風魔法と水魔法の一族が要所要所に立って、人々を癒している。負傷者は、マホロの予想より遥かに多かった。ホールを埋め尽くすほどだ。血の臭いと人々の呻き声で足がすくむ。魔法団の制服を着ている者以上に、近衛騎士と近衛兵、軍の兵士たちが負傷していた。ジークフリートの闇魔法で大勢の人が犠牲になり、倒れたのだ。

「回復魔法を行っている者は、一時中断してくれ」

団長がホールに入るなり、よく通る声で言った。疲労を隠せない風魔法と水魔法の一族が、ホッとしたように顔を上げる。誰しも魔力の限界なのだろう。負傷者が多すぎて、魔力切れを起こしかけている。

「彼はマホロ、絶えたと言われている光魔法の一族だ。彼には魔法を増幅する力がある。これから順番に君たちの傍につかせる」

団長は校長の隣に立つマホロを、ホールの中央に誘導した。マホロはどうすればいいか分からず、情けない顔で校長を見る。ホール中の人に注目されて緊張する。中にはマホロを疑わしげに睨んでいる者もいて、落ち着かなかった。

「まずは中央から。水魔法の魔法士たちだ」

団長の指示によって、マホロの傍にいる水魔法の魔法士たちが詠唱を始める。

マホロは自分も役に立ちたいと、手を組んで目を閉じた。水の精霊よ、ここにいる全ての人々を治してあげて下さい。

（どうか、回復魔法が効きますように！）

マホロがそう願ったとたん、急にホール全体に圧がかかって、立っていた者は膝を崩しかけた。地震か⁉　マホロは揺れる地面に焦って周囲を見た。校長と団長が驚いて天井を見上げ、マホロを止める。

「ちょ、ちょっと待った、かなり高位の精霊が来ている！　初めて視る姿だ、白灰色の髪だから水の精霊に間違いはないが……っ、冠があるということはまさか……っ⁉」

マホロには視えないが、高位精霊が来ているらしく、校長が慌てふためいている。団長も驚きに目を瞠り、「何か言っているぞ」とマホロの背中を支える。

「我々は視えても、言葉は交わせないんだよー。マホロ君、水の高位精霊が君に何か語りかけている、聞こえないか⁉」

「そ、そう言われても……」

上のほうに神々しい、跪きたくなるような何かを感じるが、姿は視えないし、声も聞こえない。ホールは異常な状況にざわめいている。水の高位精霊ということは、ベラだろうか？　必死に目を眇めて視ようとすると、頭上に雫が降り注いできた。びっくりして身体を揺らす。だが、驚いているのはマホロだけだ。雫はマホロにしか視えないようだ。

『光の子よ』

いきなり声が聞こえてきて、マホロは啞然とした。先ほどまで何も視えなかったのに、今は頭上に水晶で出来た冠と水色に輝く衣をまとった白灰色の髪の美しい女神がいた。ベラではなかった。光の精霊王と会った時のような魂が震える感覚に包まれる。ここに現れたのは——水の精霊王。マホロは直感した。

「あ、あなたは……水の精霊王、ですか？」

マホロがおずおずと尋ねると、水の精霊王が衣を翻した。白灰色の髪がきらきらと眩い光を放つ。青く透き通る瞳、頭上には水晶でできた冠が煌めいている。

『いかにも。ベラから話は聞いている。鹿の王を助けてくれたな。感謝していたぞ』

水の精霊王に微笑まれ、マホロは眩しくて目を細めた。あの白鹿は鹿の王だったのか。水の精霊王は慈愛に満ちた美しい女神だった。

『光の子に興味があってな。我が直接見に来た。子どもではない光の子は珍しくてのぉ。そのほう、どうやって寿命を延ばしたのか』

「え、あの、心臓を……」

水の精霊王の迫力に呑まれて、マホロが言いよどんだ。すると、糸のように細い水が延びてきて、マホロの額に触れたかと思うと、マホロの身体中に溶け込んでいく。

『ほうほう、そのような業を使ったか……。面白いことを考えたものよのぉ……』

水の精霊王は腕を動かして軽やかに笑う。糸のように細い水の触手がマホロの額から引き抜かれていく。水の精霊王は何があったのか理解したようだ。

『ところで回復魔法を望んでおるようだが、怪我人を癒すなら、我ではなく、光の精霊王の力を借りるほうがよいだろう。我の力では欠損した身体は戻せない。怪我を治すだけならできるが』

うっとりするほど美しい笑みを向けられ、マホロはどぎまぎした。よく分からないが、光の精霊王を呼べばいいのだろうか？

「で、でも俺、光の精霊王を呼び出す方法を知らないし……」

マホロが水の精霊王と話しているのを、校長と団長が目を白黒させて聞いている。二人はマホロの言葉からマホロが誰と話しているのか予想している。けれどマホロの能力を知らない他の者からすれば、マホロが独り言を言っているようにしか聞こえない。

『光の精霊王を呼ぶシンボルマークを教えよう。そなたはすでに光の精霊王と繋がりを持っているので、呼べばすぐにおいでになるだろう』

水の精霊王はマホロの脳に直接光のシンボルマークを伝えてきた。複雑な形だったが、何故かマホロはすぐにそれを覚えられた。マホロが礼を言うと、水の精霊王は笑みを残して一瞬の間にいなくなってしまった。同時に一気に圧が消えて身体が軽くなる。

「な、何だったんだ？　今のは。え、水の精霊王って言ったか？」

校長は挙動不審になっている。水の精霊王が消えると、ホールのざわめきが大きくなる。何か普通ではない出来事が起きたことを誰もが感じたのだ。

「あのー、水の精霊王に光の精霊王に助けを求めるように言われたので、そうしますね。呼び出すシンボルマークを教えてもらいました」

マホロが答えると、校長が口をあんぐり開ける。

「なっ、なっ、何を言ってるか分かってる？　マホロ君、光の精霊王だけでなく、水の精霊王とも意思疎通ができたっていうのか⁉」

校長はパニックになっている。マホロは深呼吸をして、宙に光のシンボルマークを描く。

「光の精霊王、どうか呼びかけに応（こた）えて下さい。このホールにいる傷ついた人々を助けてほしいのです」

シンボルマークを描き終えると、マホロは祈るように口にした。

とたんに、先ほどよりさらに重い圧が加わり、校長と団長が顔を手で覆った。光の精霊王が現れ、手にしていた錫杖（しゃくじょう）を振った。

『承知した』

光の精霊王はそう答えると、ホールを光で満たした。肌に優しく温かい光が降り注ぎ、生きる活力が湧いてきた。光は負傷者の身体に次々と降り注ぎ、明るく照らされていく。

「これは……、まさかこれほどとは」

団長が横になっている負傷者を確認し、絶句する。みるみるうちに怪我が癒されていく。回復魔法を詠唱していた者も、怪我の手当てをしていた者も、一様に息を呑み、呆気に取られている。

「し、信じられない、こんな回復魔法があるのか……っ」

校長は負傷者の前にしゃがみ込み、斬られ、失ったはずの脚が生えてくるのに驚愕している。マホロは自分の身体が発光しているのに気づいた。ホールを埋め尽くす光は、マホロの身体を介して流れているのだ。

「治った、俺の腕が、腕が！」

重傷だった者たちが立ち上がり、元に戻った身体に歓声を上げている。動くことができず横たわっていた負傷者は次々と起き上がり、軽くなった身体に興奮している。右腕を斬り落とされたはずの兵士の腕に腕が蘇るのを、マホロも見た。

「奇跡だ、大怪我が一瞬で！」

「私の脚が！　神よ、感謝します！」

ホール中の人間が歓喜して、傍にいる校長や団長の声が聞こえないくらいだった。

『この場にいる全ての者を治癒すると、そなたの身体に負荷がかかるが、どうするか』

光の精霊王はマホロに確認する。

「全員お願いします」

マホロは迷わなかった。光の精霊王は頷き、錫杖を横に振る。全ての負傷者が回復したのを見て、マホロはよかった、と安堵した。だが次の瞬間、異様に身体が重くなり、床に膝をついてしまった。どっと汗が噴き出て、体温が下がり血の気が引いていく。

「マホロ⁉」

団長がマホロの異変に気づき、急いで身体を支える。

『これ以上は命に関わる』

光の精霊王はそう告げると、姿を消した。ありがとうございますと感謝を口にした直後、マホロの意識はぷつりと途切れた。

次に目が覚めた時、客間らしき一室のベッドに寝かされていた。重い瞼を開けると、覗き込むようにマホロを見ている校長の姿が目に入った。校長が顔をほころばせる。身体は重く、だるくて腕さえ上げられないほどだった。

（あれ、俺どうしたんだっけ……。そっか、回復魔法を使って……）

明るい部屋だった。窓から日差しが降り注ぎ、ベッドの近くの棚に活けられた黄色い花を輝かせている。校長は水色の髪に黒いセーターと足首まで隠れるスカートを穿(は)いていた。

「よかった、目が覚めて！　魔力を消耗しすぎて倒れちゃったんだよ。あれから三日経っている。そろそろ起きるだろうと思ってやってきたんだ」

校長に説明され、マホロは情けなくて目を伏せた。魔法を使って三日も意識を失った人なんて聞いたことがない。自分は魔力をコントロールできないだけでなく、体力もないのだ。三日も寝ていたなんて、ノアは大丈夫だろうか？　ホールにいた人は？

「あのー、全員回復できたのでしょうか？」

重い身体をもぞもぞと動かしてマホロは聞いた。倒れる前の記憶がぼんやりしている。光の精霊王は途中でマホロの傍から消えたように思う。まだ回復できなかった人がいたのではないかと心配だった。

「回復できたなんてもんじゃないよ！　信じられない魔法だった。斬られた腕や足を元通りにできる回復魔法なんて聞いたことないよ。君の力は本物だ！　光魔法のすごさを、この目で確かに見た。あれは精霊王の力だったのだね？　我々四賢者だって呼び出せない存在だ」

校長の興奮ぶりに、マホロはぽかんとした。

「術者の能力によって呼び出せる精霊のランクは変わる。けれど、精霊王は神にも等しい存在で、どれほど強い魔法士でさえも呼び出せるものではないんだ。水の精霊王は冠を戴（いただ）かれていたので、私にも分かったが、光の精霊王は眩しすぎて何も視えなかった」

校長によると、失った身体の一部を魔法で修復するなんて前代未聞らしい。そういえば水の精霊王も欠損したものは戻せないと言っていた。五名家が使う魔法に光魔法は入っていない。ホールでマホロが使った光魔法は、奇跡と呼ばれる類のものらしい。光魔法というよりも、マホロを媒介として光の精霊王の力を分け与えたというのが正しい。が、光魔法の血筋であるマホロでなければできなかったのも事実だ。

校長と話していると、ドアが開き、真新しい白い制服に身を包んだ団長が現れた。

「マホロ、目覚めたか。皆の治癒をしてくれたことを感謝する。私は君の力を侮っていたようだ。ただの増幅器……そう思っていた無礼を許してほしい」

団長が生真面目な顔つきでベッドの脇に立ち、深々と頭を下げた。

「い、いえそんな、お役に立ててよかったです」

団長や校長に礼を言われ、マホロは照れくさくて頬を染めた。ふと足首の違和感がないことに気づき、身じろぎする。

「魔法具は外した。負傷者を命がけで癒してくれた恩人である君を罪人扱いすることはできない。君は精霊王を呼び出せる稀有な存在であり、君に命を救われた団員たちにも抗議されてしまうから。女王陛下も賛同してくださった。君は今や自由の身だ。軍の監視も外してもらった」

団長が微笑んで言う。マホロの足首に嵌められた魔法具は取り外されていた。ずっと監視つきの生活を送ると思っていたので、マホロは嬉しくて涙が滲んできた。ジークフリートがクリムゾン島を襲撃した日から長い間、心にもまた重苦しい枷を嵌められていた。だが、今、やっと自由を得られたのだ。

「改めて言おう。マホロ、光魔法の一族よ。ジークフリートに対抗するため、力を貸してくれ。

魔法のコントロールは苦手なようだが、あの回復魔法があれば君の能力は誰しもが認める」

団長がきりりと顔を引き締める。マホロは校長に頼んで、上半身を起こしてもらった。枕を背もたれ代わりにして、団長を見上げる。

「団長……。俺は彼を倒す手助けはできません」

団長の怒りを買うかもしれないと思いつつ、避けて通れない問題なので、マホロは思い切って口にした。団長と校長のまとう空気が変わる。

「俺は彼を嫌いになれないんです。その行動は許すことはできないものだと分かっているのに、どうしても憎めないんです。でも……俺は人が殺されたり、傷つけられたりするのを見るのが本当につらい。だから、回復魔法ならいくらでも協力します。それでは駄目でしょうか？」

マホロの主張は甘い。受け入れられなくても仕方ない。けれど嘘をついて協力しても、土壇場できっとマホロは自分の心に従う。それは校長たちの目には裏切り行為にしか見えないだろう。そんな不安定な立ち位置でいていいはずがない。マホロがすがるような眼差しで団長を見ると、軽いため息が降ってきた。

「君の事情は聞いている。それが正直な気持ちなのだろう。——今はそれでいい。戦闘が起きたら、負傷者を回復させてくれ。他に望むことはあるか。なるべく希望を叶えよう。君には血縁者がいないと聞いているから、住まいや身の回りの世話をする者を用意させる。それに護衛もつける。君の力を悪用されないように、そしてまた敵に狙われた時のために」

団長の矢継ぎ早の言葉と、突然の厚待遇に、マホロは目を白黒させた。ローエン士官学校に入るまでずっと使用人として暮らしていたのだ。身の回りの世話といわれても、気持ちがついていかない。それに自分よりも――。

「でしたらノア先輩を、助けて下さい。ノア先輩が以前と同じように、自由に動けるようにしてほしいんです」

マホロは目を潤ませて、団長に頭を下げた。ノアが罪人のように囚われているのは、マホロにとってひどくつらい状況だ。

「ノアか……。彼に関しては、少し時間がかかる。鋭意努力中だ。君は自分のことより、彼のほうが心配なのか。自分の願いを口にすればいいのに」

小さな子どもを見る目で言われ、マホロは瞬きをした。ノアについては、好転するよう祈るしかないのか。だとしたら……。

「じゃあ、あのぅ……願いが叶うなら、でいいんですけど」

マホロはちらりと校長を見て、唇をぎゅっと噛んだ。

自由になったのなら、やりたいことがある。

「学校に……戻っちゃ駄目、ですか⁉」

緊張で声が裏返ってしまった。

ジークフリートの件があって、罪人同然となり、学校に戻るのはもう無理だと諦めた。だが、今の状況なら――疑いが晴れ、護衛もつけてもらえるなら、学生としてローエン士官学校に戻りたかった。もう一度、魔法や学科を学びたい。光の精霊王と水の精霊王を呼び出せた今、マホロはジークフリートを恐れる必要はないと思ったのだ。

マホロの願いに校長と団長が目に驚きの色を浮かべて固まった。二人ともマホロの願いが予想外だったようだ。

「……学校なんて、私は何ひとつ楽しくなかったけどね？」

団長が校長に意見を仰ぐように首をかしげる。四賢者になる才能があったのなら、学校でも成績はトップクラスだったろうに、団長はマホロが学校にこだわるのが理解できないらしい。

「ローエン士官学校には私みたいな素晴らしい校長がいるからね！　いいじゃないか、マホロ君を学校に戻してやってくれよ。今のマホロ君なら大丈夫」

校長がマホロを抱きしめて笑顔になる。マホロが期待をこめて団長を見つめると、「分かった」と苦笑しながら頷いてくれた。

「正直どこにいようが脅威は変わらないし、君が望むなら学校に復帰させよう」

マホロは「ありがとうございます！」と声を張り上げた。

学校に戻れる――こんなに嬉しいことはない。三日も寝込んだ後でなければ、身軽であったなら、飛び上がって喜んでいた。子どもの姿で学校に関わっていた時も、学生たちを見て羨ましく感じていた。

校長は早速手続きをすると言って、マホロの額にキスをした。

「ノア先輩はどうしてますか？　暴れたりしてませんか？」

三日も寝ていたからノアがどうなっているか不安で、マホロは二人を窺った。一応、ノアは地下室で大人しく隔離されているらしい。

「女王陛下が処遇は保留にせよと仰せだし、名だたる魔法士たちも、ノアが闇魔法の一族かどうか判断できずにいる」

保留という名の拘束に近い扱いのようだ。マホロがいる部屋は魔法団宿舎の四階にある客間で、ノアのいる地下に下りる時は許可が必要になる。

「ノア先輩……大丈夫でしょうか」

マホロは心配になって顔を曇らせた。我慢という言葉が似合わないあの人が、よく逆らわずに地下室に閉じ込もっていてくれたものだと感心する。ノアの異能力があれば、どんな相手もねじ伏せられるだろうに。

「君が倒れたと聞きつけ、地下室から出ようと大暴れした一幕はあったけどね。それは却(かえ)ってマホロ君とノアの立場を悪くすると諭したら、しぶしぶ従ってくれた。君が倒れたのも単に魔力を消耗しすぎたせいだと分かっていたから、我慢できたんだよ。これが怪我とかだったら、きっと部屋を破壊して駆けつけていたね」

校長が笑いながら言う。魔力切れの場合、回復魔法では回復しない。ひたすら寝て体力が戻るのを待つしかないのだ。マホロは元気になったらすぐ会いに行くと決めた。目覚めてからだいぶ身体の重だるさは消えてきた。これならあと数時間もすれば、動けそうだ。

他愛もない話をいくつかして、校長と団長は部屋から出ていった。マホロはしばらくベッドに横になり、回復に努めた。

夕方になると、魔法団の制服を着た女性が夕食を運んできてくれた。

「私はシャルロット。ラザフォードの家系です。夕食を持ってきましたが、起き上がれますか？」

後ろで髪をくくった垂れ目の女性が、食事の載ったトレイをベッドの傍のボードに置いた。魔法団宿舎は二階に食堂があり、動けるようになったら、そこで好きな時に食事ができるそうだ。

「あの、お礼を言いたくて……。私、あの時あなたの魔法で失った脚を取り戻しました」

目に涙を浮かべて、シャルロットがマホロの手を握る。

「本当にありがとう。もうこれで私の人生は終わったと思っていたので、死ぬほど嬉しかった。あなたはすごいわ。これから先、何かあったら、絶対に助けるから」

シャルロットから熱っぽく礼を言われ、マホロは照れてこくこくと頷いた。魔法を使ってこんなふうに礼を言われるなんて面はゆい。

シャルロットが出ていくと、マホロは夕食を口にした。シチューとクロワッサン、蛸(たこ)のマリネだ。食事をすると、ぐんと身体が軽くなり、ベッドを出る力が湧いた。

（ノア先輩のところに行けるかな）

寝間着を着ていたので、クローゼットに衣服がないか探した。闘いの際にマホロが着ていた衣服はボロボロになったため、代わりに用意されていた白いシャツとズボンに着替えた。ズボンは裾を何回か折らなくてはならなかった。

（そうだ、アルビオンを呼び出せるかな……）

着替えを済ませると、使い魔であるアルビオンを呼び出すことにした。マホロがオスカーにさらわれた時、アルビオンは熱したオーブンの中に投げ込まれてしまったのだ。校長は使い魔はその主人が生きている限り死なないと言った。マホロは祈りを込めて呪文を唱えた。

「わふっ」

呼び出しに応じて白いチワワが現れて、嬉しそうにぐるぐる部屋を駆け回った。

「アルビオン！」

マホロが笑顔で両手を広げると、アルビオンは満面の笑みで腕の中に飛び込んできた。顔中べろべろ舐められて、マホロはよかったと頬をすり寄せた。

アルビオンを連れて部屋を出ると、白い廊下が続いている。マホロがいた部屋のドアのプレートには客間4とあり、それぞれルーム番号があるのを知った。これなら間違えずに戻れそうだ。長い廊下を歩いている途中、何度か魔法団の団員や職員とすれ違ったが、そのたびに「光の子！」と呼ばれ、涙ぐんで礼を言われたり、握手を求められたりした。マホロの白い髪や肌は目立つらしく、まごまごしているうちに人だかりができて大変だった。

群がる人を潜り抜け、階段を見つけて地下へ下りる。地下には魔法士が数名いて、マホロがノアに会いに来たと告げると、すんなり通してくれた。

(地下ってやっぱり、問題のある人を隔離する場所なのかな)

地下の廊下はいたるところに魔法の紋様が描かれていて、魔法を行使するには制限がかかるようだった。王宮の隣だし、さすがに犯罪者用の牢屋ではないだろうが、五名家を始め特殊な事情のある者が問題を起こした時に閉じ込める場所として使われているのかもしれない。犯罪者を収容する専門施設は、本土から遠く離れた島にあると聞いたことがある。

いくつかの部屋を通りすぎ、マホロは最も奥にあるドアが壊れた部屋に辿り着いた。ドアはひしゃげたままで、隙間から中を覗ける。

「ノア先輩、マホロです」

隙間越しに声をかけると、奥から駆け寄ってくる足音がする。

「マホロ！　もういいのか⁉」

マホロの姿を見て、ノアが顔を輝かせる。ノアはシルクのシャツに仕立てのいいズボン、金ボタンのベストを着ていた。マホロが壊れたドアを開けて中に入ると、続いて入ろうとしたアルビオンが何かに弾かれて、廊下に転がった。アルビオンは何度も部屋に入ろうとしたが、どうしても入れない。

「この部屋は魔法が使えない処理が施されているから、使い魔は入れないぞ」

ノアに素っ気なく言われ、アルビオンがショックを受けて固まる。魔法が使えないという立ち入り禁止区には入れたのに、この部屋には入れないのか。どういう理屈だろうとマホロは首をひねった。立ち入り禁止区が特殊だったのか。

「ごめん、アルビオン。とりあえず俺の中に戻って」

一度部屋を出て、マホロはアルビオンを身体に戻した。アルビオンは外にいるほうが好きらしく、少し不満げだった。

部屋に入りふたりきりになると、抱きしめられ、熱烈にキスをされた。

「無事でよかった、無理やりにでも会いに行こうとしたら、あの兎野郎（うさぎやろう）に囚人として扱われたいのかと脅（おど）されてな。校長にもマホロの立場を考えろと言われるし」

マホロの頬に愛しげに触れて、ノアが言う。兎野郎とは……ひょっとして団長のことだろうか？　ノアが人の名前を覚えるのが得意でないのは知っているが、本人が聞いたら絶対に不愉快になる。

「その呼び方、絶対、絶対、本人に言っちゃ駄目ですよ？」

マホロが何度も念を押したのに、ノアは、全く気にした様子もなく、マホロを奥の部屋に連れ込む。高級そうな革張りの長椅子に座らされ、クッキーと冷茶が出される。マホロが部屋を出た時より、物が増えて充実している。木製の棚には菓子が並び、瓶（びん）に入った牛乳やお茶も置いてある。

「魔法が使えないんで、熱いお茶を飲めないのが不満だが仕方ない」

ノアはこれほど好待遇でもまだ気に入らないらしく、不遜な物言いだ。生まれつき、囚人には向かない人なのだろう。正直、学校のノアの私室より充実している。

「たいそうな回復魔法を使ったらしいな？」

ノアはマホロの髪を撫でながら、目を細める。久しぶりにノアの美しい顔と向き合い、マホロはぽっと頬を赤らめた。

「はい。俺、学校に戻れそうです。足の魔法具も外してもらえたんです」

マホロは嬉々としてノアにこれまでの話を聞かせた。マホロの笑顔につられたようにノアも微笑み、頬にキスをする。

「そうか、よかったな」

ノアに肩を抱き寄せられ、マホロは真っ赤になって鍛えられた身体にもたれかかった。ノアはマホロのこめかみや額、首筋にキスを落として、ぎゅっと抱きしめてくる。

「——お前が学校に戻るなら、俺も戻らなければならないな」

マホロの背中に手を回し、ノアが呟く。マホロは目をキラキラさせた。また同じ学校に戻れるなら、これ以上ない幸せだ。けれど、ノアは学校に戻れるのだろうか？

「まぁその話は後でいい。それより——」

マホロのシャツのボタンを外し、痕がつくほど肩口を吸われる。マホロがびくりと身を震わせると、ノアに間近から熱の籠もった眼差しで見つめられる。

「抱きたい」

布越しに下腹部を触られながら言われ、マホロはびっくりしてきょろきょろした。

「で、でもノア先輩、あのぅドアから見えますが……」

ベッドは奥に置かれているが、肝心のドアはノアが壊してしまって覗ける状態だし、音だって漏れる。こんな状況でいかがわしい行為をしたら、誰かに気づかれるのではないか。

「気にするな」

ノアに押し倒され、深い口づけをされて、マホロは焦ってどんどんとノアの背中を叩いた。

「何だ」

必死に背中を叩いていると、ふさいでいた口を自由にして、ノアがムッとする。

「何だじゃないですよ！　だから！　誰かに見られるかもって言ってるじゃないですか！　声を聞かれるかもしれないし、無理ですっ」

ノアの身体の下から這い出て、猛抗議する。ノアは軽く舌打ちすると、マホロを抱きかかえて立ち上がった。

「じゃあ、声を我慢しろ。いい加減俺はもう限界だ。それに——確かめたい」

ノアはマホロを軽々と抱え、奥にあるベッドまで行く。ベッドに優しく下ろされて、ノアが伸し掛かってきた。真剣な目で見据えられ、マホロはどきりとして動けなくなる。

「お前と最後までできたら、俺は闇魔法の一族の血を引いている——そういうことなんだろう？」

低い声で言うノアに、マホロは何も言えなくなってただ見上げた。

最後まで、できるかもしれない。マホロはそんな予感を抱いて、唇を震わせた。オスカーにさらわれていた時、オスカーがマホロに性的な行為を仕掛けてきた。あの時は軽いキスでも魔法壁が発動して、行為は中断された。だが、ノアとはこうなる前から挿入以外はできていたのだ。もしそれが闇魔法の血を引いているせいだとしたら——。

ノアが闇魔法の一族の血を引いていると証明されたら、どうなってしまうのだろう？

「ノア先輩、俺、したくないです」

マホロは顔を強張らせて言った。ノアの眉根が寄り、明らかに憤った気配が漂う。

「もし最後までできたら……ノア先輩が処刑されたら、俺は……」

マホロが声を震わせると、厳しかったノアの頬がふと和らぎ、ベストのボタンに手をかける。

「それは後で考える。マホロ、俺は真実が知りたい」

顔を曇らせるマホロの不安を、ノアはにべもなく撥ねのけた。ノアははっきりしないこの現状が一番嫌なのだ。たとえ残酷な真実が明らかになろうと、真実を知ることに迷いはない。

「本当に……？」

マホロはノアの美しい顔を見つめた。この綺麗な顔が歪むのは見たくない。

「もう黙れ。今日は無理やりにでも、抱くから」

ノアはシルクのシャツを脱ぎ捨て、マホロに屈み込んできた。その口づけを避けることはできなかった。マホロは観念して、ノアの背中に手を回した。


衣服をすべて脱がされ、身体のすみずみまで調べるように口づけをされた。ノアの赤い髪がまだ見慣れなくて、さらさらと肩からこぼれてくる髪に触れる。

教員宿舎で抱かれた日から、まだ一カ月も経っていないのに、いろんなことがあった。こうして触れ合っているのが嘘みたいだ。マホロはノアの髪にキスをして、その背中に腕を回した。最後までできたら、全てが変わってしまうかもしれないと思うと、涙が滲んでくる。マホロの鎖骨に顔を寄せていたノアは、うるうるしているマホロに気づいて、身体をずらして唇を吸った。

「……ジークフリートに、抱かれたか？」

何度もキスを交わした後、ふいうちのように聞かれ、マホロは固まった。ノアの目は真剣で、どこか覚悟を決めているようでもあった。

「分かりません」

マホロは目を伏せて正直に言った。

「最初の二日くらいは意識があったんですけど、その後、俺の魂は身体から離れてしまったから……。でも、人形を抱くような方ではないと思います」

希望的観測だが、プライドの高いジークフリートが、何の反応も返さないマホロを犯すとは思えなかった。そうであってほしいだけかもしれないが。もしもジークフリートが意識のないマホロを抱いていたとしても、記憶にないのだから答えられなかった。

「そうか？　もし俺だったら、意識がなくてもやるぞ？」

ノアはマホロの前髪を掻き上げ、額を突き合わせて物騒な発言をする。

「それはノア先輩が変態だから……」

「今、なんつった？」

マホロの呟きを聞き逃さず、ノアが目を眇めて頬を引っ張る。けっこう痛くて、どんどんとノアの背中を叩いた。

「……もし彼に抱かれていたら、ノア先輩は俺を嫌いになりますか？」

ジークフリートにキスをされたことを思い出し、不安になって尋ねると、ノアは忌々しそうにマホロの髪を掻きまぜる。

「俺は意外と嫉妬深かったのだな。お前とジークフリートについて考えると、イライラが止まらなくて、会えない間は物を破壊しまくっていた。テオに怪我を負わせてしまったくらいだ」

何げなく重要な発言をされ、マホロは驚いてノアの顔をこちらに向けた。

「テオさん、大丈夫なんですか⁉」

「あ？　ああ、俺が破壊したものが当たって腕を切ったくらいだ。その後は俺も反省して自重した。何だ、その目は。ちゃんと手当てしておいたぞ」

マホロの咎めるような視線を感じたのか、ノアが顔を歪める。マホロを捜すためにノアは魔法団と共に行動していたが、さすがにテオは参加が許可されず、学校で待機しているらしい。

「ああもう。おしゃべりはおしまい」

ノアがうざったそうに髪を払い、マホロの乳首を指で摘む。久しぶりにそこを指先で弄られ、覚えのある感覚がやってきた。ノアと離れている間、一度も意識したことがなかったのに、こんなふうに触れられると、急速に身体が疼いてくる。

「……ふ……ぅ、は……」

ノアは左胸の乳首を口に含み、右胸の乳首を指で弾いた。そうされると、身体の奥がじんじんと熱くなって、マホロはシーツの上で背中を揺らした。ノアはマホロの薄い胸を手のひらで寄せるようにして、舌で突く。

「お前の身体は甘いな」

ノアは音を立てて乳首を吸い、マホロが恥ずかしくなるような言葉を口にする。指でぐりぐりと弄られ、舌で弾かれ、だんだん身体が敏感になり、びくりと跳ねる。両方いっぺんに弄られると、息も乱れる。

「ノア先輩……、胸……や、だ」

乳首だけで興奮している自分に羞恥を覚え、マホロは身をくねらせた。けれどノアは執拗に胸ばかりを愛撫する。身体はほとんど重なっているので、マホロの性器が硬くなっているのも分かっているはずなのに、そこには一切手を触れず、いやらしい音をさせて乳首を虐め続ける。

「感じてる。ここ、気持ちいいんだろ？」

しこった乳首を歯で銜え、ノアが艶めいた笑みを浮かべる。甘く噛んで引っ張られ、腰がびくりと跳ね上がった。女性じゃないのにそこで感じるのが嫌で、マホロはノアの顔を押しのけようとした。するとわざと強めに乳首を指で摘まれる。

「は……っ、ぁ、あ……っ、ん、う」

声を出すと誰かに聞かれるのではないかと気になって、マホロは自分の口に腕を押し当てた。

「気になるのか？　俺がお前に執心してるのは魔法団の奴らは知ってるし、いいだろう？　幸いこの部屋は一番奥だから、用もなく通りかかる奴はいない。用があって来たとしても……、雰囲気で分かるだろ」

喘ぐのを我慢しているマホロを見やり、ノアが意地悪く笑う。知っているからいいというものではない、と言いたかったが、腕を離すと甘い声が漏れそうなので我慢した。

「香油を使うぞ？」

ノアはさんざんマホロの胸を弄った後、ベッドサイドのテーブルから小瓶を取り出した。どうやって手に入れたのか知らないが、身体を裏返されて尻の割れ目に液体を垂らされた。

「ううぅ……」

うつぶせになり、マホロは変な感触に耐えた。

小瓶の液体で尻の割れ目をぬるぬるにしながら、ノアが問いかけてくる。

「……オスカーに何かされたか？」

「オスカー……せん、ぱい、は……っ、キスも、できなく、て……っ」

しゃべっている途中で濡れた指が尻のすぼみに入ってきて、途切れ途切れに言った。ノアは構わず顔を寄せてくる。

「キスも駄目だったのか⁉　じゃあ、俺が途中までできたのは、なんだったんだ？　本当に今日、最後までできるかもしれないんだな」

ノアは興奮した息遣いで、マホロの尻の奥に入れた指を動かす。ぐちゃぐちゃと濡れた音をさせて内壁を弄(まさぐ)られ、マホロは枕を抱きしめて声を殺した。

「……っ、……っ、はぁ……っ」

ノアの指の動きは性急で、強引に指を増やし、入り口を広げてくる。空いたほうの手で背中や脇腹を愛撫するが、前の性器には触れてくれない。

「せん、ぱ……っ、あ……っ、ぁ……っ」

ノアは無言になり、マホロの尻を熱心に解(ほぐ)している。右手の指はいつの間にか三本に増え、圧迫感で苦しいのに、左手で尻たぶを揉んで穴に触れてくる。

「あの……、ノア先輩……っ？　う、う……っ、何かしゃべって……っ」

ノアが無言だと、尻から漏れる卑猥(ひわい)な水音と、自分の荒い息遣いしか聞こえない。それが怖くて、マホロは肩越しに振り返った。ノアはひどく興奮した顔つきでマホロの尻を弄っていて、それを見たとたん、ぞくぞくした。

（ホントに入る……のかな）

今までは指しか入らなかった場所に、ノアの性器が入ってくる——そう考えると頭が沸騰しそうになり、マホロは熱っぽい息を吐き出した。ノアと繋がることができたら、それはノアが闇魔法の血を引いていることを意味する。喜びと不安が一緒くたになって、マホロは大きく胸を上下させた。

「悪い、一刻も早く入れたくて」

ノアが上擦った声で囁く。その声を聞き、ノアにとって繋がることは悦(よろこ)びでしかないのだと理解できた。本来、絶望しかない闇の血族の証(あかし)になるとしても、それ以上にマホロを求めている。

「あ……っ、ひゃ、ぁ……っ」

ノアの指が、ぐりっと内部のしこりの部分を突き、マホロはつい甲高い声を上げた。慌てて口をふさいだが、ノアはそこばかりわざと擦り始める。

「中で感じてるな……。俺のを入れたら、どうなるんだろうか」

マホロの肩口にキスをして、ノアが指の出し入れを繰り返す。身体はすっかり熱くなり、息も乱れていた。指で奥を探られるたびに、身体が熱を逃がすように揺れてしまう。指三本で入り口はぎちぎちなのに、さらに内壁を広げようとノアは強引に指を動かす。

「ノア先輩……っ、も、いいです、から……っ」

これ以上尻を弄られると、指だけで達してしまいそうで、マホロは声を荒らげた。ノアが大きく息を吐き出し、マホロの耳朶を食む。

「……本当に大丈夫か？　興奮して、俺の大きくなってるけど」

ノアが耳朶のふくらみを舐めながら、囁く。マホロがこくこくと頷くと、熱い吐息が耳朶にかけられた。

「マホロ、こっち向いて」

ずるりと指が抜かれ、ノアがズボンを脱ぐ気配がした。振り向くと、怒張した性器にノアが香油を塗り込めている。本当にあれが入るのだろうかとマホロは怖くなった。

「脚、持ってて」

仰向けになったマホロに、ノアが両脚を持ち上げて言う。マホロは脚を折り曲げ、あられもない場所をノアの前に晒した。ノアが息を詰めて、硬くなった性器の先端をマホロの尻に押し当てる。

「入れる、ぞ……」

ノアが思い詰めたような表情でマホロを見下ろす。マホロは目を閉じて、緊張で身体を震わせた。ノアの性器の先端が、尻の穴にぐぐぐ、と押し込まれる。

いつもならこの段階で魔法壁が現れた。けれど——今は何も起こらない。ノアの視線を感じてマホロが目を開けると、奥にぐっと性器が押し込まれてきた。

「ひ、あ、あ……っ!!」

マホロは背中を反らして、つい大きな声を上げてしまった。ノアの硬くて熱いモノが、内部に入り込んできたからだ。それは予想よりもずっと熱くて、大きくて、呼吸が激しくなるものだった。

「や、ああ、あ……っ、ひ、はぁ……っ」

指などとは比べ物にならない質量に生理的な涙がぼろぼろこぼれて、腕から力が抜け、脚を抱えていられなくなる。苦しくて、逃げるように身体を上に動かす。

「逃げるな」

ノアが強い口調で言い、マホロの腰を摑んで、さらに奥まで性器を挿入してくる。マホロの全身からどっと汗が噴き出ていたが、ノアも全身が熱を帯びていた。

「すごい、熱い……、お前の中……」

マホロの腰を抱え、ノアがずりずりと性器を動かしてくる。身体を串刺しにされている気がして、マホロは泣きながら「無理です、無理」と首を振った。

「まだ半分しか入っていない……もう少しだけ、入れさせろ」

はぁはぁと呼吸を繰り返しながら、ノアは強引に性器を進める。ぐっと奥まで熱くて硬いものが入ってきて、マホロは悲鳴じみた喘ぎを漏らした。

「やだ、ぁ、やぁ……っ、あ……っ、ひ、ぁ……っ!!」

こんな感覚は生まれて初めてだ。目はちかちかするし、身体は言うことを聞かないし、何より自分の呼吸がうるさくて仕方ない。痛くて苦しくて、それでいて時おり背筋が震えるほど甘い感覚が襲ってくる。

「……入った」

奥まで性器を押し込むと、ノアが乱れた呼吸を吐き出した。マホロが涙で濡れた目で見上げると、ノアがひどく嬉しそうに笑っていた。

「やっとお前と繋がれた」

ノアは色っぽく笑い、マホロの唇を激しく吸ってくる。ノアが少し動くだけでマホロはびくびくしてしまうのに、ノアはめちゃくちゃに顔を舐めてくる。

「ノア先輩ぃ……、でも、これで……」

マホロと性行為が行えるのは、ノアが闇魔法の一族の血を引いている証明に他ならない。マホロはどう言っていいか分からず、熱烈にキスを繰り返すノアを見つめた。

「この前も言っただろう、他はどうでもいい。俺はお前とセックスできて幸せだ。この多幸感の前には何も気にならない。マホロ、愛している」

ノアはうっとりとマホロを抱きしめ、目元や鼻先にまでキスをする。こんなに浮かれているノアを見るのは初めてかもしれない。今は、心配を口にするのはやめようと思った。

「俺も好きです……けど、お腹が、変、で」

マホロははぁはぁと息を切らしながら、紅潮した頬を拭った。挿入がこんなに大変だなんて知らなかった。じっとしていると、ノアの性器が脈打つのが伝わってくる。痛いのか気持ちいいのか、分からない。息が上がるし、変な声は漏れるし、汗びっしょりで頭がぼうっとする。

「大丈夫だろ、お前のここはびしょびしょだ」

ノアはマホロの性器を撫でた。マホロの性器は先走りの汁でひどく濡れていた。

「う、嘘……、ぁ……っ、やぁ……っ、う、動くん、ですか……っ⁉」

ノアが腰を小刻みに揺らし始めて、マホロは引き攣った声を上げた。挿入すれば終わりだと思っていたので、内部を揺さぶられて声が大きくなる。

「当たり前だろう。といっても、そうもたない。お前の中、気持ちよすぎて、すぐイきそうだ」

ノアは上擦った声を上げ、マホロの両脚を胸に押しつける。香油のせいかノアが動くと濡れた音がして、マホロは真っ赤になって身悶えた。硬くて熱いモノで奥を突かれると、すごい衝撃が身体に起きる。

「ひ……っ、や……っ、あ……っ、嘘、怖い……っ」

内部を突かれる感覚に怯え、マホロは涙を流した。怖いのに性器は反り返ったままで、たらたらと蜜がこぼれている。自分の身体はどうなってしまったのだろう？

「あー……、すごい気持ちいい。お前が泣きじゃくってるのも興奮するし、中が狭いのもいい、あまり泣くな。興奮して激しく突きまくりたくなる」

マホロの濡れた顔を撫で、ノアが恐ろしい言葉を発する。

「ひ、ひど……っ、ノア先輩、もっとゆっくりぃ……っ、やだ、そんな揺らさないで……っ、何か変なのが迫り上がってきます……っ」

ノアが律動するたびに、性器がさらに奥まで入ってくる。それが怖くて、それでいて身体が熱くて、マホロは一生懸命訴えた。

「えっ、どういう意味だ？　吐きそうってことか？　それともイきそうってことか？」

マホロの言っていることが理解不能だったらしく、奥を突き上げながら、ノアが眉根を寄せる。

「わ、分からな……っ、あっ、あっ、あっ」

ノアの腰の動きが激しくなり、マホロの声も甲高くなった。ノアはマホロの脚を抱え、獣じみた息遣いで腰を深く突き上げる。声を我慢することなど到底無理で、マホロは枕で顔を隠し、身体を揺らした。

「うー、もうイきそうだ。マホロ、枕はどかせ」

ノアが枕を引き剝がし、深く口づける。何が何だか分からなくなって、マホロはノアにすがりついた。ノアの腰の動きがいっそう激しくなり、内部で性器が膨れ上がる。

「う、う……っ、く……っ」

ノアが口づけながら、くぐもった声を上げる。次の瞬間、内部にどろりとした何かが吐き出された。マホロはびくりと身じろぎし、腰を震わせるノアを抱きしめた。

「うー……っ、はぁ……っ、はぁ……っ」

ノアが口を離して、肩を上下させながら呼吸を繰り返す。ノアが中で達したのだと分かり、マホロは涙目で胸を揺らした。全力疾走したみたいに、呼吸が速い。ノアは息が整ってくると、マホロの唇を吸い、見たことのない優しく幸せそうな笑みを浮かべた。

「すごい気持ちよかった……」

ノアの笑顔に見惚れ、はあはぁと息を吐きながらマホロは目元を拭った。ノアはマホロの性器に手をかけ、少し乱暴に扱き上げる。数度擦られただけで、マホロは射精してしまい、全身をびくびくと痙攣させた。

(ノア先輩と……最後まで、した……)

熱くて、汗びっしょりで何も考えられない。挿入の衝撃がすごくて呆けていると、目元を紅潮させたノアが腰を引いた。

「ひゃ、や、ぁ……っ」

大きなモノが内部から引きずり出される感覚に悲鳴のような声を上げると、ノアがマホロの身体をうつぶせにしてくる。

「う、嘘、ま、待って……っ」

息も整っていないのに、ノアがまだ硬度のある性器の先端を尻の穴に押しつけてくる。

「ぜんぜん収まらない。バックからヤりたい」

そう言って性器を押し込んでくる。先ほどまでノアの性器を受け入れていたそこは、難なく引き込んだ。再び熱い塊が入ってきて、マホロはシーツに顔を押しつけて身悶えた。

「ひっ、はっ、あっ、あっ、やだぁ……っ」

馴染む間もなくノアが再び腰を動かしてきて、マホロはまた枕を抱えた。ノアはマホロの腰を持ち上げ、濡れた音を立てて突き上げてくる。

「ちょっと声を落としてくれ、さすがに大きい」

ノアが背中から抱き込んで言う。マホロは慌てて枕に顔を押しつけた。声を我慢しなければと思っていたが、喘がないと身体に溜まっていく熱を逃がせない。全身が敏感になっていて、ノアの手が胸元に回ると、それだけで身体が跳ねてしまう。

「はぁ……、はぁ……、興奮しすぎてヤバい」

ノアはマホロの首筋をきつく吸いながら、上擦った声で言った。強弱をつけて内壁を突かれ、マホロは腰が揺れてしまうのを止められなかった。

「やぁ……、や……っ、……っ」

ノアの性器が奥をこじ開けるたび、無意識に嫌だという声が漏れてしまう。何が嫌なのか自分でもよく分からなかったが、理性もコントロールも利かない状態で、尿意に似た何かが溜まっていくのが怖かった。

「中……気持ちいいか?」

マホロの耳朶を食み、ノアが熱い息を吹きかけてくる。そんな動きにもびくりと身をすくめ、マホロは頬を濡らした。

「わ、分からな……」

マホロが首を振ると、ノアが先端の張った部分で奥をトントンとする。とたんにマホロは銜え込んだノアの性器を締めつけてしまい、必死に声を我慢した。

「感じてるだろ。すごい中がひくひくしてる。中でイけそうじゃないか？」

汗ばんだ身体を押しつけながら、ノアが乳首を摘む。ノアは一度達して余裕ができたのか、奥を突き上げる動きがゆっくりになってきた。性器を動かされると、つられて腰がびくつくのがとても嫌だった。息は上がるし、太ももが震える。ここがどこだか忘れそうになるし、自分が獣みたいに感じられる。

「嘘、やだ……、や……っ、ひ、ぐ……っ」

奥の深い部分をぐりぐりと性器で弄られ、マホロは枕を唾液で濡らした。頭がぼうっとする。内部を絶え間なく突き上げられて、涙が止まらない。

「や、あ……っ、何か出ちゃ、う……っ」

マホロは耐えきれなくなってノアの手から逃れようとした。けれどノアはそれを許さず、腰を引き寄せられる。

「中でイきそうなんだろ？　いいから、抗うな」

ノアは熱っぽく囁いて、激しく奥を突き上げてくる。肉を打つ音に、耳からも刺激される。とてもじゃないけれど声を我慢できなくて、マホロは枕に口を押し当てて、泣きじゃくった。

「や、ぁ……っ、漏れ、そう……っ、許して……っ」

このままではお漏らししてしまいそうだった。マホロの身体がびくびくと痙攣するように揺れる。

「いいから、このまま委ねろ」

荒々しい息遣いのノアが、より奥へと性器を穿(うが)ってくる。奥を激しく突かれ、マホロはくぐもった声を上げた。何度も快楽の波が押し寄せてきて、その間隔が狭まってくる。もう駄目だと思った時——爪先から頭のてっぺんまで、電流のように強烈な快感が突き抜けた。

「う、う、あああ……っ‼」

気づいたら性器から精液が噴き出し、身体中が甘ったるい感覚に包まれた。信じられないくらい息は荒くなるし、腰から下の力が抜けていく。射精が止まらなくて、銜え込んだノアの性器をきつく締めつけてしまう。

「う……っ、ふ、は……っ」

ノアが苦しそうな声を絞り出し、マホロの身体に伸し掛かってくる。続いて、内部に熱い液体が注ぎ込まれるのが分かった。

「まだ、出すつもりなかったのに……っ」

ノアが悔しそうな声を出し、軽く腰を揺さぶる。マホロは息をするのも苦しくて、真っ赤になって身をくねらせた。性器に触れられたわけじゃないのに、絶頂に達してしまった。今も敏感な内部を揺さぶられて、何度も達しているような快感を味わっている。

「ひ……、は……っ」

マホロはぐったりとベッドに身を投げ出した。過ぎた快感は苦しくさえあって、このまま死んでしまうのではないかとすら思った。


その後もノアは何度も抱きたがったが、マホロは疲労困憊（ひろうこんぱい）してしまい、濡らした布で身体の汚れを軽く拭きとると、ふらふらになってノアの部屋を出ていった。ノアは一緒にいろと言うが、魔法団の団員たちにノアの部屋へ行くのを見られている。あられもない声を聞かれなかったか後ろめたく思いながら、ぎくしゃくした足取りで彼らの前を通り過ぎた。

自分に与えられた部屋に戻って、マホロはベッドに横たわった。

動けるようになったのは数時間後で、その頃には自分がノアの匂いをまとっているのを自覚した。シャワールームは一階にあり、マホロは使用許可をもらって身体を綺麗にした。熱い湯を出す魔法具が完備されていて、冬のこの時期にはとても重宝した。

（す、すごかった……）

熱い飛沫を浴びながら、マホロはノアとの行為を反芻（はんすう）し、赤くなっては顔を擦った。まだお尻に何か入っている気がする。しかもノアは中に精液を注ぎ込んだので、時々どろりとしたものが内またを伝っていく。指で掻き出してみたが、なかなか上手くいかない。

（ひぃい、うわああ、やばい）

抱かれていた時の記憶が生々しくて、思い出すたびに恥ずかしくなって叫びたくなる。これ以上思い出しては駄目だと、懸命に違うことを考えた。

（これから……どうなるんだろう）

シャワールームを出ると、ノアへの心配が募り、落ち着かなかった。とはいえ、初めての挿入は身体への負担が大きく、部屋に戻るとすぐ、深い眠りに落ちてしまった。

翌朝目覚めると、魔法団の団員がローエン士官学校の復学許可証を持ってきて、マホロの心を明るくした。許可証には女王陛下のサインが入っている。女王陛下もマホロがローエン士官学校へ戻るのを許してくれたのだ。

早速ノアに報告しようと、朝食を食べた後、地下へ下りた。

「マホロ、待ってたぞ」

ノアの部屋に顔を出すと、ノアがとびきりの笑顔で迎え入れてくれた。今までも美しかったが、今日のノアは美しさに磨きがかかっていて、マホロはまごついてしまった。ノアの顔は本当に綺麗だと再確認し、抱きしめられて深いキスをされると、うっとりしてしまった。

「身体は大丈夫か？　ずっと一緒にいたかったのに、とっとと行きやがって。まぁいい、最高に可愛いお前が見られたからな。この部屋で魔法が使えれば離さなかったのに。ここもそれなりに居心地はよくなったが、風呂に入るのにいちいち湯を運ばせねばならないのが難点だ」

ノアはマホロの首筋に顔を寄せ、匂いを嗅ぎまくりながら言う。

「え、お湯を運ばせているのですか？」

ぽーっとしていたマホロは、はたと現実に戻った。一応ノアは隔離されている立場なのだが、団長から「極力希望を叶えるように」とお達しがあったそうで、団員はこき使われているらしい。団長はノアが逃亡しないよう、気を使っているに違いない。

「このクソ寒いのに、冷水に入るわけないだろう？」

当然とばかりに言われ、やはり生まれながらの貴族は違うと思い知らされた。

「復学許可証が来ました」

マホロは長椅子に座ってノアに許可証を見せた。ノアはにこりと笑ってマホロの髪を撫でたが、許可証には一瞥もくれなかった。それどころかマホロの手から許可証を取り上げ、テーブルの隅に放って、肩を抱き寄せてくる。

「マホロ、しよう」

ノアはマホロのシャツのボタンを外して、首筋にキスをしてくる。焦ってマホロが身を引くと、その腕をとって音を立てて口づけてくる。

「こ、こんな朝っぱらから！　ノア先輩、俺はそういうつもりで来たんじゃないです！」

愛しげに指を食んでくるノアに恐れをなして、マホロは真っ赤になって抗議した。

「はぁ？　昨日は初めて最後までできたんだぞ？　今日からがんがんヤリまくろう」

すっかりその気になっているノアが、マホロの頰を両手で挟んで唇を重ねてくる。必死になってノアの胸を押し返し、マホロは目を吊り上げた。

「ノア先輩！　そんなことより、これからどうするか考えなくていいんですか！　このままだと、俺だけ学校へ戻ることになりますよっ」

　ノアの強引なペースに流されまいと、マホロは懸命に訴えた。ノアが面白くなさそうな顔をして、舌打ちする。

「それについては考えているって言っただろう。兄か父を寄こしてくれと伝えているんだが、まだ現れない」

　マホロが声を荒らげたので気分が萎えたらしく、ノアが「お茶を淹れろ」と横柄な態度で促してくる。使用人歴が長かったマホロは、すかさず用意されていた茶葉を使って紅茶を淹れた。ポットの中に熱い湯が入っている。ノアが紅茶を飲むために所望したそうだ。

「――あれから考えてみたんだが、俺の髪が赤くなったのは、俺が大量に人を殺したせいかもしれない」

　マホロの淹れた紅茶の香りを堪能し、ノアが言った。マホロは緊張してノアの端整な横顔を見つめた。ノアの形の整った薄い唇が、茶器に触れる。

「これまで隠されていたものが……出てきた、と？」

　マホロは膝の上でぎゅっと手を握った。ノアが闇魔法の一族の血を引いていることは、もう証明された。これまでその事実が露見しなかったのは、ノアが人を殺したことがなかったからだというのか。

「父と血が繋がっていない可能性も考えたが、顔や目、身体つきに似ている点が多いし、やはり父の子だと思う。とすると、父はどこで闇魔法の一族と子を生す関係になったのか気になる。今思えば、ギフトを手に入れさせたのは、このためだったのかもしれない」

ノアなりにいろいろ考えていたらしく、淡々とした様子で話が進んだ。ノアの父親であるセオドアとは一度会っただけだが、剛の者という言葉が似合いそうな人物だった。ギフトを授けられて以来、ノアはずっと父親を恨んでいるようだが、息子が生き残る術を見つけるためだったとしたら、それは親としての愛情ではないだろうか。

「クリムゾン島に行きたい」

紅茶を飲み干し、ノアが決然と言った。

「クリムゾン島へ……」

マホロは何とはなしに胸が熱くなり、ノアと視線を絡ませた。

「俺の実の母親について調べたい。気になっていることがある。アラガキが、森の人が住んでいる集落から、山を二つ越えた先に闇魔法の一族が住んでいると言っていただろう？　もしかしたらそこに俺のもうひとりの母親がいるかもしれない。生きているとしたらの話だが」

ノアの瞳は冷静だ。育ててくれた母親は血の繋がった母親ではなかったとノアから聞いていたが、その時は実の母親について知りたくもないようだった。それなのに今は、大きな興味を持っている。ノアの中で何かが変化したのだ。

「でも行くって……」

今の状態でどうするつもりなのかとマホロは表情を曇らせた。それに対してノアは何の憂いも抱いていないようだった。ノアは誰に止められようと、クリムゾン島へ行くつもりだとマホロはピンときた。二つの異能力を持ち、今やあらゆる魔法を使える身になったノアには、敵などいないのだ。それに気づき、胸がざわめいた。

ノアはジークフリートと同じくらい、危険な存在なのだ——。

「質問。——恋人が大量殺人を犯す未来を知っていたら、お前はどうする？」

ノアが試すように聞いてくる。マホロは暗澹たる思いになった。

「そうならないよう止めます」

マホロが真剣に答えると、ノアが鼻で笑う。

「殺す以外に止める方法がなかったとしたら？」

重ねて聞かれ、マホロはノアに抱きついた。ノアが驚いたのが伝わってくる。

「絶対止めますから！」

マホロが声を大きくしてきつく抱きしめると、呆れたようにノアが笑った。

「そこは殺しとけよ。お前になら殺されてもいいんだぞ？」

マホロの背中を撫でて、ノアがこともなげに言った。マホロはノアの頬を手で挟んで、潤んだ目で見つめた。

「ノア先輩が人を殺しそうになったら、俺がその人を癒します。先輩に人殺しはさせません。今度は俺がノア先輩を守りますから!!」

断固とした口調でマホロが言い切ると、ノアが何か言いかけて口を開けた。けれど言葉を発する前に、その頬がじわじわと紅潮し、何とも言えない表情を浮かべて目を伏せる。

「まさかお前に守ると言われる日がこようとは……」

マホロの手の上に手を重ね、ノアが面はゆそうに笑う。マホロはノアの気持ちが軟化したのを感じとり、額をくっつけた。おそるおそる唇を寄せると、ノアが目を閉じてくれる。そっと唇に触れた。ノアの形のいい唇が笑っている。ノアとキスをすると、胸が甘酸っぱくなるのが不思議だった。

「もっと、して」

ノアに甘ったるい声でねだられると、マホロはノアの首に腕を回し、小鳥が啄むようなキスをした。互いの吐息がくすぐったい。ノアと身体をくっつけてキスを続けていると、背中に回されていた手が、布越しに尻を揉んでくる。

「ひゃあ！」

強めにお尻を揉まれて、変な声が上がった。尻の穴の辺りをぐりぐりされると、嫌でも繋がった時のことを思い出して悶えた。

「……騒がしいな」

行為を続けようとしたノアが、ドアのほうを振り返り、首をかしげる。廊下で慌ただしく動く足音と人の声がする。マホロが様子を見に行こうとしてドアに近づくと、ドアの前で見知った顔と出くわした。

「マホロ！」

「レオン先輩！」

ひしゃげたドアの前に立っていたのは、レオンだった。ローエン士官学校の制服を着て、その後ろに見知らぬ青年を連れている。プラチナゴールドの目立つ髪に、翡翠色の瞳、見る者をハッとさせる理知的な印象の青年で、マホロは彼に見惚れた。青年がマホロをまっすぐ見つめ、にこりと笑う。その後ろには困惑した魔法士たちがいる。マホロは何事かとレオンに視線を戻した。

「マホロ、紹介しよう。彼は――アルフレッド殿下だ。ノアに会いたいというので案内した」

レオンは隣にいる青年をマホロに紹介した。ただものではないと思ったが、王子様だったのか。マホロは背筋を伸ばして、あたふたと頭を下げた。アルフレッドの後ろには突然の訪問に戸惑う魔法士たちがぞろぞろついてきている。

「いきなりすまない。ノアに会いたい」

耳に心地いい低音の声で、アルフレッドが優雅に微笑む。金ボタンの光る軍服をまとい、王族のみに許された王家の紋章の入ったマントを羽織っている。マホロは急いで伝えようと振り返ったが、ノアはすぐ後ろにいた。

ノアの赤毛を見て、レオンがぎくりとしたのが分かった。

「アルフレッド殿下――お久しぶりです」

ノアはアルフレッドの急な訪問に少なからず驚いた様子で、礼儀にのっとった礼をした。ノアはレオンは無視すると決めたのか、レオンには見向きもしない。式典や社交界でアルフレッドと面識があるらしく、ノアは落ち着いている。王族に会うのが初めてのマホロはどうしていいか分からず、ノアの背後に隠れた。

「彼と話したいだけだ。君たちは所定の位置に戻ってくれ」

アルフレッドは魔法士たちにさらりと命じ、彼らが持ち場に戻るまで部屋に入ろうとはしなかった。魔法士たちはためらいつつも、命令に逆らうことはできず離れていく。

「マホロ、無事でよかった。あの場では、話す暇もなかったが……」

アルフレッドに続いて部屋に入ってきたレオンがマホロの肩に手を乗せ、苦笑する。レオンにも心配をかけたと、マホロは礼を言った。レオンはアルフレッドと仲がいいようだ。王宮での闘い以来の再会だった。

「これが君のギフト能力？　すごいね、巨人が拳を振り下ろしたみたいだ」

アルフレッドはひしゃげたドアを興味深げに眺め、からかうようにノアを見る。ノアは仏頂(ぶっちょう)面(づら)になり、無言でソファにアルフレッドを誘(いざな)った。

「アルフレッド殿下、ご無事で何よりです。おもてなしはできませんが、構いませんね？　何しろ今の俺はこういう身分なので」

アルフレッドをソファに座らせ、ノアが皮肉っぽく両手を広げる。マホロはお茶を淹れようとしたが、王族には毒味が必要になるからとレオンにやんわり断られた。

「もちろん君についての報告はすべて受けている。ノア、それからマホロ。ふたりとも座って話を聞いてほしい。ああ、ノア。無駄な社交辞令は省こう。俺も要点だけを述べる」

アルフレッドが微笑みを絶やさずにノアとマホロを促す。ノアはわずかに悩んだ後、長椅子に腰を下ろす。マホロもその隣におずおずと座った。

「レオン、人に聞かれたくない話をするから、入り口の前に立っていてくれないか？」

アルフレッドはレオンを追い払うように指示した。レオンは「分かりました」と頷き、言われた通り部屋を出ていく。人に聞かれたくない話――マホロは胸が騒いだ。

「そのうち知るだろうから話すが、ジークフリートの襲撃により、王族の数がぐんと減ってね。俺は今、王位継承順位第一位になった。つまり――女王陛下亡き後、国を治めるのは俺になる」

アルフレッドは気負った様子もなく、重大な発言を口にした。マホロは目を丸くした。そんな雲の上の人がノアに会いに来た――何が起きるのかと、固唾を呑む。

「それは……おめでとうございます、でいいんですか？　お悔やみを申し上げます？」

ノアは次期国王と対峙しても、いつもと変わらない態度だった。一応敬語は使っているが、かしこまっている様子はない。

「どちらでもいいさ。それで最初の仕事として君の処遇について、女王陛下から一任された」

アルフレッドは微笑みを絶やさずに、ノアを見据える。マホロは緊張して手を握りしめた。ノアの行く末を、目の前の王子が決めるのか。

「先に言っておこう。君が闇魔法の一族の血を引いていないという証明は不可能だ。この国では自然な赤毛は存在しないから。闇魔法の一族の血を引いていない証明ができない以上、君はこの先、罪人同様に扱われる。常に監視がつき、魔法具で力を制御され、君が所有する屋敷や領地も奪われるだろう。学校も退学だな、危険分子をおいておくことはできないから」

アルフレッドはよどみなく続ける。マホロは胃がずきりと痛んだ。まさか本気でノアを処刑する気だろうか？　絶望に囚われながらも、マホロは何か言わねばと腰を浮かせた。それを、ノアが手で制す。

「それで？」

ノアは顔色ひとつ変えずに、切れ長の目でアルフレッドを見やる。ピンと張り詰めた空気に押し潰されそうで、マホロは手に汗を掻く。

「――絶対服従の呪法を受け入れるなら、君を自由にしよう」

アルフレッドは口元に笑みを浮かべたまま、言った。一瞬マホロは耳にしたことが理解できなかった。

絶対服従の呪法――確か宮廷魔法士が使う特別な呪法のひとつだ。宮廷魔法士は四賢者しか就けない魔法を極めた特別な存在だ。かけた相手に忠誠を誓わせるもので、それは死ぬまで解けないと聞く。自由と引き換えに、ノアは王家に忠誠を誓わねばならない。マホロはおろおろした。

「断る」

ノアは躊躇なく、拒絶した。ノアが受け入れるとはマホロも思わなかったが、ずんと心が重くなった。呪法を受け入れてくれたら自由になれるのに、と思う一方で、それを受け入れたらノアはノアでなくなってしまうだろうとも思う。

「断ってどうする？　君が強い力を手にしているのは知っているが、この先、お尋ね者として生きていく気か？　君はよくても、隣の子は？　二人で逃亡生活を送るとでも？」

拒絶されてもアルフレッドは眉ひとつ動かさなかった。アルフレッドはノアがどう反応するか予測していたようだ。マホロは自分がノアの足枷になるのではないかと、怖くなった。学校に戻れると喜んだのも束の間、自分のせいで大好きなノアが窮地に陥るなんて。

「先に言っておくが、俺は別に今の立場に執着はない。家名は兄が継ぐだろう。お尋ね者として生きていくのも面白そうだし、別にそうなっても構わないさ。今の俺を止めるのは、魔法団でも一苦労だろうしね」

ノアはやれやれと言わんばかりに、首を振った。

「だがそんなことはどうでもいい。俺が絶対に受け入れられないのは、自分以外の誰かが俺の主になることだ。誰かに服従した時点で、俺は死んだも同然だ。アルフレッド次期国王陛下――そんなくだらない発言をするくらいなら、いっそ俺の首を刎ねろよ」

極悪なほどに美しい笑みを湛え、ノアがアルフレッドを見据えた。マホロは硬直した。ノアにとって従属は死に等しい。そんなところまでジークフリートとよく似ている。闇魔法の一族は皆こうなのだろうか？　マホロにはこの国の王子に向かってそんな言葉は口にできない。

マホロはおそるおそるアルフレッドを窺った。王家の一員であるアルフレッドは、ノアのこの不遜な態度に怒るのではないかと思ったのだ。キレて出ていったらどうしよう。そんなマホロの不安を掻き消すように、アルフレッドが口元に手を当てた。

「ふふ……ふっふ、ふ、ははは……っ」

抑えきれなくなったようにアルフレッドが笑いだし、マホロは目を丸くした。アルフレッドはおかしくてたまらないとばかりに身を折って笑っている。ノアは忌々しそうに顔を背ける。

「残念だなぁ。せっかくノアを従属させられると思ったのに」

アルフレッドは笑いを堪えながら、身体を揺らしている。怒って……ない？　マホロは交互に二人の顔を見比べた。

「まぁそう言うと思っていたよ。じゃあこれは俺からの妥協案だ」

アルフレッドは懐から小瓶を取り出してテーブルに静かに置いた。真っ黒な液体が入っている。

「これは特別な染料を使った髪染め液だ。一度染めたら、半年は保つだろう。とりあえず髪を黒く染めて、赤くなったのは異能力が暴走したせいだとでも言っておけ。それで話が通るように手筈は整っている。これは女王陛下も了解した処遇だ。女王陛下は強力な異能力を持った君に、味方でいてほしいようだ。ただし、闇魔法の力は絶対に使うなよ？　闇魔法の力を使えば闇の精霊が寄ってきて、精霊を視る眼を持つ輩に一発でばれるからね。君が闇魔法の一族と対立するというなら、これを受け入れろ」

嫣然とアルフレッドが言う。マホロはノアを見つめた。これは……王子がノアに手を貸してくれる、ということだろうか？　マホロの期待の眼差しが鬱陶しかったのか、ノアが嫌そうに髪をがりがりと掻く。

「――その見返りは？」

胡乱な目つきでアルフレッドを見やり、ノアが尋ねる。

「話が早いね。俺は、一度でいいから立ち入り禁止区へ入りたいんだ」

アルフレッドの目が輝き、身を乗り出して思いがけない発言をする。アルフレッドのきらきらした瞳がマホロに向けられ、いたずらっぽく微笑んだ。

「その時はぜひ、光の子も同行してほしい」

アルフレッドに見つめられ、マホロは顔が熱くなる。アルフレッドの声や目は、どうしてか傍にいると胸が高鳴る。多くの人を魅了しているのだろう。自然と目が惹き寄せられる。

「立ち入り禁止区へ？　正気か？　王族が、しかも次期国王があんな危険な場所へ」

ノアもアルフレッドの申し出に面食らっている。

「愚問だなぁ。禁止されていることほど、やりたくなるものだろう？　祖母はあと何年玉座にいられるか分からない。さすがの俺も、国王陛下になったらそんなお忍び行動は無理だろう。だからなるべく早く、あの島の最奥に入ってみたいんだ」

アルフレッドは焦がれるような光を目に浮かべる。王族であるアルフレッドは立ち入り禁止区の情報を一般人より把握しているはずだ。それでも行きたいと願うのは、あの地が特別な場所だからだろうか？　まさか、ギフトを得たいとか？

「ああ、いや、俺はギフトに用はない」

マホロとノアの表情を見て察したように、アルフレッドが肩をすくめた。

「知りたいのは地質やそこに暮らす人々、あの地でしか生息していない不思議な生き物についてだよ」

アルフレッドの言っている言葉は嘘ではないとノアも悟ったようだ。

「何故俺に道案内をさせる？　闇魔法の一族の血を引いているかもしれない俺が恐ろしくないのか？　あんな僻地に行って、背後から殺される可能性だってあるだろう？」

　ノアの瞳が油断なくアルフレッドを見据える。

「王族を根絶やしにしたいジークフリートならいざ知らず、君に関しては疑っていない。君は地位にも金にも女にも興味がない。最初に会った時から、なんてつまらなそうに生きている男だろうと憐れんでいたくらいだからね？　まぁそれは特別な人に会って変化したようだが……」

　アルフレッドが含みのある目でマホロを見る。じっと見つめられると、マホロはうっとりして、アルフレッドに見惚れてしまう。むっとしたノアが爪先でマホロの足を軽く蹴った。ハッとして、マホロはうつむいた。

「道案内に関しては、君たちほど適任はいないだろう？　この前の闘いの場で、《悪食の幽霊》が君を襲わなかったという報告を受けている。あれはね、公には知られていないが、闇魔法の一族の命令を聞く習性があるんだよ。立ち入り禁止区の地下道で会った時、やけに君にまとわりついただろう？　闇魔法の一族の血を感じ取っていたのだろうね」

　あっさりとアルフレッドは言った。アルフレッドはノアが闇魔法の一族の血を引いていると確信している。確かに立ち入り禁止区に行った時、《悪食の幽霊》はノアをじっくり観察していた。あの時はノアが闇魔法の一族の血を引いているなんて思いもしなかった。

　ノアはわずかな間、考え込んでいた。けれど、もはやごまかしや逃げは無駄と悟ったのだろう。肩から力を抜き、居住まいを正した。

「……分かりました。お忍びで行くというなら、最大限協力しましょう。ところで、あとでばれた時、きちんとかばってくれるんでしょうね？　俺たちに脅されて連れていかれたなんて話は御免ですよ」

ノアはテーブルに置かれた小瓶を手に取って、慇懃無礼にアルフレッドを見た。

「もちろん、俺を生きて王都に帰してくれたら、最大限協力するよ」

ノアの口ぶりを真似てアルフレッドがウインクする。

「それじゃ交渉成立だ」

アルフレッドが腰を浮かし、ノアに手を差し出す。ノアも立ち上がり、その手を握った。マホロも慌てて立ち上がると、アルフレッドがにこりと微笑んで手を差し出してきた。おずおずとその手に触れると、力強く握られる。温かくて大きな手だった。

「光の子、マホロ。大切な臣民を助けてくれて感謝する」

アルフレッドに真摯な態度で礼を言われ、マホロは口をぱくぱくとさせた。王族のオーラなのか、触れるとすごいパワーを感じた。手を握られていなかったら、無意識に跪いてしまっただろう。会ったばかりでそんな風に思うのは変だと自分でも分かっているが、この王子に好意を抱いた。こんな人が国王になったら、国民の一人として悦びを感じる。

「では、失礼するよ。君たちがクリムゾン島へ戻ったら、すぐ合流できるよう、手配する」

アルフレッドは爽やかにそう言うと、さっそうと部屋を出ていった。ドアの前で人払いをしていたレオンが、入れ替わりにやってくる。

「アルフレッド殿下は何を言ったんだ？　大丈夫だったか？　ノア、その髪色は……」

レオンは部屋での会話が聞こえなかったようで、しきりに質問する。マホロたちがどう答えていいか迷っているうちに廊下からアルフレッドに呼ばれて、慌ただしく去っていった。

「ふぁぁ……」

ノアと二人きりになると、何だか気が抜けてマホロは長椅子にもたれかかった。

「ノア先輩、俺もう一時はどうなることかと……っ。よかったです、アルフレッド王子がいい人で」

ぐったりしてマホロが目を閉じる。ノアは呆れたように舌打ちし、マホロの頭を軽く叩いた。

「お前、アルフレッド殿下の魅了にかかってたな？　イライラしたぞ」

不機嫌そうに顔を寄せられ、マホロは目をぱちくりとした。

「み、魅了……の魔法？」

そんなものがかけられていたのか？

「王族が持つ特別な魔力だよ。魔法とは別物だ。前に会った時より、数倍威力が増していた。きっと王位継承順位が上がったせいだな。これで国王になったらどうなるんだ。言っておくがな、あいつはいい人なんかじゃ絶対にない。人当たりがいいからごまかされる奴が多いが、あいつは誰にも真意を見せない、生まれながらに人の上に立つ人間なんだ」

ノアはドアを睨みつける。アルフレッドが魅了の魔力を使っていたのは知らなかったが、ノアを助けてくれたのだから、やはりいい人だと思う。そもそもノアは人を疑いすぎだ。

「それにしてもアルフレッド殿下があの地に興味を持っていたとは……」

ノアは小瓶の蓋を外し、立ち上がる。

「こんなところでぐずぐずしている暇はないな。マホロ、髪を染めるのを手伝え」

ノアはぐったりしているマホロに命じて、バスタブへ近づく。急いでそれを追いかけながら、とりあえずノアが無事でいられることに、マホロはホッとしていた。

5 手の鳴るほうへ

アルフレッドに謁見した翌日、ノアは自由になった。アルフレッドは約束を違えるような男ではないのだ。

表向きは、ノアは異能力の使いすぎで一時的に髪が赤くなったという扱いになった。それをどれほどの人が信じたか分からないが、もともとギフトを持つ者は少数だったので、王家の判断に異を唱える者はいなかった。

マホロは黒髪になったノアと一緒に学校へ戻ろうとしたが、その前に団長の私室に呼び出された。

「マホロ、君にはこれから護衛がつく。学校では目立つだろうが、貴重な光魔法の一族の運命と思って諦めてくれ」

団長は壁際に控えていた二人の青年をマホロに紹介した。護衛は受け入れるが、身の回りの世話をする人は不要だと、団長に直訴した。どんな人に守られるのか心配だったが、二人とも親しみやすい雰囲気の持ち主だった。

「ヨシュア・ノーランド。雷魔法の一族です。どうぞよろしく」

眼鏡をかけた背筋の伸びた切れ長の目の男がマホロに手を差し出す。ヨシュアは分家の出で、特に銃の扱いに長けているそうだ。遠距離を射貫く試験では記録保持者になって数年経つが、未だに記録は破られていないらしい。

「カーク・ボールドウィンです。よろしく！」

もう一人は短髪の小柄な青年で、陽気そうだ。マホロの手をぶんぶん振り回し、にかっと笑う。

「俺たちはもともとクリムゾン島の勤務だったから、気にしなくていいよ」

マホロが恐縮していると、カークが明るい声で背中を叩いた。とたんにマホロへの気安い態度に苛立ったノアに睨まれ、カークが「うへぇ」と身を縮める。同席していた校長もノアの態度に頭を抱えていたが、ノアが自由になったことに安堵していた。

「じゃあ、このまま一緒に島へ戻ろう。念のため、道中は魔法団が護衛してくれるよ」

校長はミント色の髪をアップにして、高らかに言う。マホロは本来の姿のままクリムゾン島へ戻れるのが感慨深かった。オスカーにさらわれた時はもう二度と戻れないかもしれないと絶望したけれど、こうして復学できることになった。

「マホロ君。君は学校に戻ったら、オスカーの部屋に移動してくれ。本来ならプラチナ3が使う部屋だが、一部屋空いてしまったからね。護衛の二人もそのほうが助かるだろう」

港に向かう馬車の中で校長に言われ、マホロはびっくりして膝の上のアルビオンを落としそうになった。

「で、でも俺なんかがそこを使っちゃ、皆に恨まれるんじゃ……。俺はできればザックと同じ部屋に戻りたいんですが……」

端から見れば、オスカーの部屋を奪ったようにしか見えないだろう。他の学生たちの反発を想像して、マホロは青ざめた。絶対にキースあたりが怒鳴り込んでくる。

「警備の都合上、個室が望ましい。クラスはこれまで通りにしてあげるから、そこは受け入れなさい。他の学生に恨まれることもないだろう。精霊王を呼び出せる実力があれば、間違いなく学校一の実力だ。妬まれることはあるかもしれないが」

校長に励ますように頭を撫でられ、マホロは救いを求めて隣のノアを見た。

「何で相部屋がいいんだ？　個室のほうが断然楽だろう。ベッドも大きいし、部屋も広いぞ？　それに俺だって精霊王は呼び出せない。もっと自信を持て」

ノアは躊躇するマホロの心情が理解できないらしく、首をかしげている。復学できたと思ったら今度は特別扱いで、周囲の反応が怖い。

とはいえ、魔法団宿舎を出てからマホロも自分の変化を感じ取っていた。じっと目を凝らすと、以前は視えなかった精霊が、視えるようになったのだ。水の精霊王を呼び出した際に頭にかかった雫が影響しているのだろうか？　視えるようになった原因は不明だが、緑の多い場所では精霊が踊っているのを知った。また特定の人の周囲には彼らを守るように精霊が憑いていることに、マホロは気づいた。

校長や団長、ノアの周囲にも時々精霊が姿を現す。ヨシュアやカークには常に憑いている精霊はいないようだが、人目を惹く華やかな人物や、善良で優しい人物の近くにはその血筋の精霊が寄り添っていた。かくいう自分にも、精霊が憑いていた。光の粒をまき散らしているから、光の精霊だろう。楽しげに踊ったりマホロの髪や頬にキスしたりしている。

ノアには火の精霊が寄り添っていた。マホロが見る限り、闇の精霊らしきものは見当たらない。といっても闇の精霊を視たことがないので、どんな姿をしているのか分からないのだが。

マホロたち一行は王都に一番近い港から、クリムゾン島へ軍の船で移動した。七時間ほどかかっただろうか。クリムゾン島へ着いた頃には夜更けだったにもかかわらず、港には副校長や教師のジョージが出迎えに来てくれた。

「無事戻れてよかったね、マホロ君」

マホロの肩を抱いて、校長は敵の妨害に遭わずに着いたのを喜んだ。

オスカーにさらわれ、王族殺しという国家を揺るがす大事件が起きたのに、この島を離れてからまだ一カ月も経っていなかった。それなのにずいぶん長いこと離れていたように感じられた。

もう髪を染めたりして、自分を偽る必要はない。

マホロは胸を張って、足を踏み出した。

学校に学生として戻ることができたのを、ザックや級友はことのほか喜んでくれた。ザックは同室ではなくなったが、変わらない態度でマホロと接してくれる。

マホロが光魔法の一族であり、王都で光の精霊王を呼び出して多くの人を救ったことは学校中に広まっていて、これまでマホロに興味がなかった学生たちが、急に関心を抱くようになった。それに加え、マホロは髪色を染めるのをやめたので、どこにいても目立った。相変わらず魔法の授業は校長の個人指導になるが、学べることの楽しさを味わっていた。

以前と変わらない態度なのは、ザックだけではない。

「俺はまだお前を認めていないからな！」

個室をもらったマホロに対して、キースはへりくだるどころか、啖呵を切ってきた。むしろマホロとしてはキースの変わらない態度が嬉しくて、つい手を握ってしまった。周囲の態度がこれまでとはあからさまに違っていて、落ち着かなかったのだ。へどもどしてマホロを突き飛ばして去っていったキースを、ザックが「あいつってガキだよな」と大人ぶって笑っていた。ザックはキースを嫌っていると思っていたが、そうでもなかったのだろうか。

「さて、授業についてだが」

魔法の授業の初日、校長はマホロを図書館に呼び出した。授業中なので図書館にはマホロたちを除けば、司書の老婦人アンしかいない。マホロの膝には、眠そうなアルビオンが乗っている。

「君にはシンボルマークを使う魔法が適していると思う。詠唱魔法で魔力をコントロールできないのは、イメージ力が足りないからだろう。その点、シンボルマークはイメージ力はそれほど必要ではない。望む魔法のシンボルマークを時空に描けばいいだけだ。ただし——暗記が大変だけど」

校長は書庫から分厚い魔法書を持ち出してきて、マホロの目の前に置いた。なかなか年季が入った書物だ。ためしにぺらりと捲ると、シンボルマークとそれに準じた魔法の効果一覧が羅列されている。

「簡単な魔法から順番に暗記してくれたまえ。何、ある程度覚えた時点で法則に気づくだろう。そうしたら覚えるのは苦ではない」

校長はにっこり笑ったが、魔法書の厚さは十センチはある。一体どれほどの数を暗記すればいいのだろうと不安になった。しかも魔法書には光魔法や闇魔法のシンボルマークは描かれていない。マホロはあの時、水の精霊王に光の精霊王を呼び出すシンボルマークを教えてもらい、光の精霊王を呼び出すことができた。その後、大勢の負傷者を癒したのは光の精霊王の力だ。マホロはただ、光の精霊王とホールにいた人との媒介のような役割を果たしただけだ。シンボルマークを使って魔法をかけたわけではない。

「シンボルマークの利点は、暗記さえできればそれを脳裏に思い浮かべて宙に描くだけだから、時間短縮ができることだ。闘いの場や、一刻も早く魔法を発動したい時に有効だ」

魔法書とにらめっこをしているマホロを、校長ががんばれよと激励する。

「マホロはシンボルマークを使うのかー。すごい魔力量だそうだな。俺はあまり魔力量がないから羨ましいな」

マホロが勉強している机の隣に立ち、カークが魔法書を覗き込んで言った。

クリムゾン島に着いてから、カークとヨシュアが常にマホロのそばに控えていた。授業や学校生活の邪魔にならないよう護衛してくれているのだ。

「お前は体力馬鹿だからな」

窓際に立っているヨシュアがからかうように言う。カークは小柄だが、剣の扱いにかけては魔法団でもトップクラスらしい。魔法団は、学生たちにとって憧れの存在だ。卒業後は魔法団に入りたい学生から二人は質問攻めにされていた。

「今日はひたすら暗記をして、鐘が鳴ったらクラスに戻ってくれ。と、……ちょっと待った」

校長はカークとヨシュアにマホロを任せて図書館から出ていこうとしたが、その途中で窓から滑り込んできた白い鷹に気づき、顔を顰めた。

「手紙？」

白い鷹は校長めがけて一直線に飛んでくると、羽を休めるように校長の肩に乗った。ヨシュアとカークの顔色が一瞬にして変わり、空気が張り詰める。校長は白い鷹の脚にくくりつけられている手紙を受けとった。マホロは何事かと、皆を注意深く見つめた。

「……カーク、悪いがノアとレオンを呼んできてくれ。開かずの間で話がある」

校長は手紙を一読し、わずかに怒ったような表情で言った。カークが一礼して風のように図書館を出ていく。ノアとレオンを呼び出すなんて、何事だろう。しかも開かずの間で話、だなんて。

「ヨシュア、私とマホロとノア、レオンは開かずの間にしばらく籠もる。誰も図書館に入らせないようにしてくれ」

校長に命じられ、ヨシュアが「了解しました」と胸に拳を当てる。

数分後にはカークに連れられ、授業中だったノアとレオンがやってきた。射撃の訓練中だったようで、迷彩服に火薬の臭いを漂わせていた。ノアはマホロを見て、嬉しそうに笑う。レオンは何事かと硬い顔つきだ。クリムゾン島に戻って三日になるが、昼食の時間くらいしかノアと顔を合わせられなかった。その昼食の間もカークやヨシュアがつきっきりなので、個人的な話はできずにいた。

「ノア、レオン。開かずの間に入るよ。レオンは初めてだったか？　秘密の部屋だ」

校長はマホロの腕をとり、アンに声をかけ、カウンターの奥の司書室に入る。カークとヨシュアは外で待機するようだ。ヨシュアは何か魔法を詠唱している。図書館に誰も入ってこられないように結界を張っているのかもしれない。

「とりあえず全員、手を繋いで」

校長の指示のもと、マホロの手を摑んだノアが、レオンの上着を摑む。アルビオンはマホロの頭の上だ。校長が先頭になって奥の壁に触れ、何事か呟いた。すると空間がぐにゃりと歪んで、校長の身体が壁の中に吸い込まれていく。慌ててマホロはそれに続き、ノア、レオンも順番に壁の中に入った。

開かずの間というのは、以前ジークフリートの失踪を調べていた時、偶然入り込んだ部屋のことだった。花柄の壁紙に、使い込まれた暖炉（だんろ）、手触りのいい重厚な長椅子とテーブル、敷き詰められた絨毯（じゅうたん）はふかふかだ。明かりは天井に吊るされたシャンデリアだけで、窓もドアもない。

「こ、こんな部屋が図書館に？」

レオンは初めて入る開かずの間に、驚きを隠せずにいる。マホロは二回目だが、前回はこの部屋でノアと淫らな行為をしたのを思い出し、顔が熱くなる。

「あらゆる盗聴を阻止できる部屋だよ。時々、魔力の強い学生に見つかってしまうのが難点だ」

校長が困ったように言う。

「問題発生だ。今夜、お忍びでアルフレッド殿下がやってくる」

長椅子に並んで腰を下ろしたマホロたち三人に、校長が単刀直入に言う。マホロはどきりとして、思わず隣にいたノアの腕を摑んでしまった。立ち入り禁止区への道案内を望んでいたアルフレッド王子——いつかやってくると思っていたが、予想より随分早かった。まだ元の生活に落ち着いてもいないのに。

「彼は立ち入り禁止区へ向かうため、君たち三人の同行を望んでいる。——どういうことか、説明してもらえるんだろうね？」

校長は物騒な笑みを浮かべ、マホロたちを見下ろす。自分たちはともかく、レオンは巻き込まれただけではないかと同情を禁じえなかった。

「アルフレッド殿下が立ち入り禁止区へ……？　そんな馬鹿な、危険だ！　彼に万が一のことがあったらどうするんです！　大体、そんな許可、下りるわけないじゃないですか！」

レオンは腰を浮かせて、猛然と抗議する。レオンはアルフレッドと昔から仲が良いそうだ。忠実な犬だ、とノアが揶揄するように囁いてきた。

「お忍びで来るそうだが、女王陛下の許可は得ていると手紙には書かれているよ。真実だと思いたいがね」

校長はレオンは何も知らなかったと判断し、ノアとマホロを胡乱げに見下ろす。マホロは魔法団の地下で交わしたアルフレッドとの話をどう説明するべきかと悩んだ。

「王子様のお遊びだろ？」

ノアはいけしゃあしゃあと言ってのけた。それで校長が騙されるはずもなく、「ノア……、校長権限で嫌がらせをしたっていいんだよ？」とノアの肩を強めに握る。

「……アルフレッド殿下とは少し取引をしただけだ。あの殿下は未開拓地を調査したくて仕方ないんだと。道案内を頼まれたから、忠実なる臣民として引き受けただけだ」

ノアは当たり障りのない言い方で上手くまとめた。一応間違ってはいない。マホロがうんうんと頷くと、校長が顔を顰める。

「あの王子は立ち入り禁止区になみなみならぬ興味がおありだからね。ったく、面倒ごとを持ち込んだものだ。己の立場を分かっているのか？　非公式とはいえ、本気であの地に？」

校長は手紙を握り潰して、忌々しそうに吐き捨てる。

王族のほとんどが殺されたあの事件の後、王都では盛大な葬儀が執り行われた。女王陛下は二度とこのようなことが起きないよう、守りを固めると宣言した。アルフレッド王子の次に王位継承権を持つのは、アルフレッド王子の兄の長女で五歳のナターシャだ。だがナターシャは病弱で、事件の際も高熱を出したために参加していなかったくらいだ。アルフレッドには早急に婚姻をして、子を持つようにという期待が高まっていた。

「アルフレッドは今夜中にでも立ち入り禁止区に入りたいと言っている。手紙には団長が同行するとある。君たち三人も一緒に行ってくれ。今回私は同行しない。まぁ、魔法が使えないし、私が行ってもあまり意味がないからね」

校長はため息混じりに言った。校長が来ないと聞き、何となく不安が生まれる。立ち入り禁止区では魔法が使えないので、あの地に入ったとたん、校長の若返りの魔法は消えてしまう。だから意味がないというのはもっともなのかもしれないが、精神的な支えとしては校長も加わってほしかった。今回は団長が同行するのも、不参加の理由になっているのかもしれない。

「レイモンドがアルフレッドの無謀な望みを叶えるなんて、信じられないな……」

校長は納得いかない様子で、腕を組む。

「あの……俺、も立ち入り禁止区へ行くのですか?」

レオンは困惑してか、珍しく視線をさまよわせている。

「でも俺はギフトをもらいたくは……」

言いよどむレオンに、ノアが肩をすくめる。

「ギフトに用はないと言っていたぞ。嘘か本当か知らないが。魔法団の団長まで連れてくるんだ。本気で行くつもりだろう。地質調査と現地の住人との対面を望んでいるようだ。森の人に会って、すぐ引き返せばいいだろう」

ノアに諭され、レオンがうつむいてしまう。マホロはためらったのちに、「あの」と切り出してみた。

「実は俺ももう一度あの地に行きたいと思っていたんです。光の精霊王に会いたくて」

魂だけの存在になった時、マホロは光の精霊王と話の途中だった。小さい頃から聞こえていた『門を開けよ』という言葉の意味について聞いてみたかった。

「光の精霊王か……」

ノアが目を細める。

「待て、取引をしたと言っていたな？　つまりそれは、あの地下室での会談ということだよな？」

うつむいていたレオンが初めて気づいたように顔を上げる。

「ノア。何故アルフレッド殿下はお前に道案内を求めているんだ？　魔法が使えないのに」

レオンに詰問され、マホロははらはらして睨み合う二人を見た。ノアはレオンに自分が闇魔法の一族の血を引いていると明かすのだろうか？

「あの地では、ギフトとしてもらった異能力は使えるんだ。だからじゃないか？　兎野郎……もとい団長を連れてくるのもそういう理由だろう？」

ノアが平然と言い、マホロはホッとする反面、心配にもなった。レオンに秘密を打ち明けないのはいいが、あの地でノアの正体がばれる危険性はないだろうか？

「そうなのか……。なるほど……、それなら殿下の無事は確保できるかもしれんな」

レオンは納得したように頷くと、再び考え込む。

「そういうわけで、三人ともこの後の授業は免除だ。夕食を済ませたら十日分の荷物を用意して私の宿舎に集合だ。銃と剣の所持を忘れないように。マホロ君はまだ個人の銃の使用許可は出てないか。まぁ君の成績で銃を持つのは危険かもしれないからね」

校長にさりげなく駄目出しされ、マホロはしょぼんとした。銃の組み立てすら覚束(おぼつか)ないマホロでは、味方に害をなす可能性がある。

「せっかく授業に復帰できたのになぁ……」

開かずの間を出ながら、マホロはがっかりして呟いた。今夜から野営かと思うと、学校生活に未練が残る。せめて一つでも多くシンボルマークを覚えていこうと、机の書物に駆け寄った。この魔法書、持っていっては駄目だろうか？　ためしにアンに尋ねてみると、持ち出し禁止とあっさり断られた。

「カーク、ヨシュア、君たちにも話がある」

開かずの間を出ると、校長は待機していたカークとヨシュアを手招いた。レオンは支度をするため寮に戻るそうだ。せめて出かけるまでの数時間、初級魔法のシンボルマークを書き写そうと、マホロが机に向かうと、分厚い魔法書の上にノアが尻を乗せてきた。

「ノア先輩！　魔法書の上に座るなんて！」

勉強しようとしたマホロは出端(でばな)をくじかれ、抗議する。マホロと一緒にアルビオンもキャンキャンと声高にノアを責める。

「勉強より、ヤることがあるだろうが？　あれからずっと二人きりにさせてもらえていないんだぞ？　今すぐ部屋へ行ってセックスするぞ。まだ数時間ある」

椅子からずり落ちそうな発言を、ノアが真剣に訴える。

「な、何、言ってんですか！　ノア先輩は破廉恥です！」

マホロが真っ赤になってノアの尻の下から魔法書を引きずり出そうとすると、ノアの手がマホロの耳朶ごと包んでくる。

「何が破廉恥だ、当然の欲求だろうが。大体お前、分かっているのか？　俺はもう三年生なんだぞ」

ノアが屈み込んで、マホロのうなじを引き寄せる。

「は、はい。三年生ですよね……？　それが何か？」

退学しないでよかったとかそういう話だろうかとマホロが首をかしげると、大きなため息をつかれる。

「四年生になったら、現場実習で軍に入隊しなきゃならないんだ。あと半年で、俺はこの学校を出るんだぞ？　それまでの貴重な時間を勉強に邪魔されてたまるか」

ノアの発言にマホロは固まった。そういえば、そうだった。ノアは半年もすれば四年生になり、ほとんど学校にはいない状態になる。とはいえ、一年生のマホロにとって勉強はとても大事では？　あれ、ノア先輩の言い分が正しいのかな？　マホロはノアの無駄にあふれる自信に流されそうになり、ノアの望むままふらふらと立ち上がりそうになった。

「ちょ、ちょっと待って下さい！　立ち入り禁止区へ行くのに、その前に身体に負担がかかる行為は絶対ダメです！」

あやうくノアの毒牙にかかりそうだったが、すんでのところで理性を取り戻した。頬がカッカする。ノアと最後までした日の記憶が蘇り、つい身体を離した。あのあとずっと、歩き方が変だったのだ。大体、前回の行軍を考えれば、出かける前に疲れる行為は絶対に駄目だ。

ノアが舌打ちして、マホロから魔法書を取り上げる。

「ここと、ここ、これとこれ」

ノアは分厚い魔法書を広げて、あちこちをびりびり破りだす。大切な魔法書を破るノアに、マホロは驚きのあまり声が出なくなる。

「これだけあれば十分だろ」

破いたページをマホロのポケットに突っ込み、ノアはぶつぶつ文句を言いながら図書館を出ていった。幸い、アンは奥の司書室で紅茶を淹れていて、ノアのありえない行為には気づかなかったようだ。

（お、俺も共犯にされてる……っ）

破かれた魔法書のページをポケットから取り出し、マホロは右往左往した。五枚ほどある紙には、火、風、水、土、雷の初級魔法のシンボルマークが載っている。元に戻そうとしたが、そこに校長とカークとヨシュアが戻ってきて、焦ってまたポケットに突っ込んでしまった。こうなったら、あとでこっそり本を修復するしかない。

（ノア先輩ったら……っ）

すでに姿のないノアを恨みつつ、マホロは内心びくびくしながら魔法書を返却して、図書館を後にした。

自室に戻ると、旅の支度を急いだ。迷彩服を用意し、寝袋やナイフ、水筒、食料や日用品をリュックに詰め込んでいく。最低限の量にしたのにリュックはパンパンだ。とりあえずこんなものでいいだろうと、マホロはポケットに入れていた魔法書のページを読み返した。

（すごい。きっちり必要なシンボルマークを押さえている）

改めて破られたページを確認すると、一年生で習う魔法のシンボルマークが全部載っていた。ノアは詠唱魔法を主に使っているので、シンボルマークにはあまりくわしくないはずだが……。

（……ちょっと態度悪かったかな）

シンボルマークを頭に叩き込むと、マホロはそわそわと落ち着かなくなった。クリムゾン島に戻ってまだ三日で、マホロは他の皆に追いつかなければと焦っていた。多くの人を癒したといっても、それは光の精霊王がしてくれたものだ。マホロ自身の力とは到底思えなかった。

早く一人前の魔法士になって、ノアを守る力を身につけなければならない。そんな思いが募って、島に戻ってから落ち着かないのだ。

（ノア先輩……）

ノアのことを考えるとどんどん不安になってきて、マホロはノアの部屋を訪ねることにした。まだ時刻は早いが、夕食に誘うのもいい。先ほど邪険にしてしまった後悔が押し寄せてきて、アルビオンを抱えてノアの部屋をノックした。

「ノア先輩、入りますよ？」

何度かノックしたが返事がないので、おずおずとドアを押し開いた。ノアは無言でベッドに横たわっていた。旅の支度はしていない。アルビオンはノアの部屋に入ると、ブルの姿がないのを確認して、ソファのクッションにもたれてくつろぎ始めた。

「ノア先輩、あのぅ……」

マホロはそろそろとノアに近づいた。寝ていたノアの目が開き、じろりと睨まれる。

「お前、俺とつきあってる自覚、あるか？」

無表情で聞かれ、マホロはびっくりして手を振った。

「そんなのないですよ！　畏れ多い！」

マホロが大声で否定すると、呆れたようにノアが上半身を起こす。

「なかったのか⁉　何だ、それは。俺はこんなにお前を好きなのに、お前はそうでもなかったのか？　俺に何されてもいいって言わなかったか？」

マホロの言葉が心外だった様子で、ノアが目を吊り上げて迫ってくる。

「あ、いえ、その……。ノア先輩のお気持ちはよく分かってます……。俺も、好きです」

ぽっと頬を赤らめてマホロが言うと、ノアの吊り上がっていた目が元の形に戻った。ノアはマホロの腕を引っ張り、抱き寄せてくる。ノアの膝の中にすっぽり収まって、マホロはドキドキした。

「じゃあ何で、恋人だと認めない？」

ノアは不満そうにマホロの頭に顎を乗せる。ノアの両手が腹の辺りに回り、逃げられないように囲いを作られる。

「俺なんかがノア先輩とつきあうなんて、畏れ多くて無理です。俺は……使用人とかペットとかそういうくくりで十分です」

マホロが素直な気持ちを明かすと、ノアが呻き声を上げてひっくり返った。つられてマホロも後ろに倒れ、期せずしてノアに乗っかる形になる。

「何なんだ、お前のその思考……。理解不能だ。俺はペットと愛し合う趣味はないぞ」

ノアにはマホロの気持ちが理解できないようで、奇異なものを見る目つきで見られた。マホロはノアの身体からずり落ち、隣に寄り添った。

「じゃあお前は俺がどっかの貴族と結婚しても、いいって言うのか？」

ノアがベッドに肘をついて、マホロの頬をつねる。

「あ、はい。ノア先輩には身分相応の女性と結婚してもらいたいです」

こくりと頷くと、ノアがショックを受けた様子で動きを止める。すぐに頬を思いきりつねられて、マホロは「いひゃい」と涙目になった。

「冗談を真顔で返された……。お前、そんな風に考えていたのか？　使用人歴が長いせいか？　信じられない、お前を愛人か愛玩動物のように扱えというのか？　俺は何か間違えたか？　誰か通訳を呼んでくれ」

ノアが陰鬱な顔つきでまくしたてる。マホロには何故ノアがそれほどショックを受けているのか分からなくて、小首をかしげた。

「あのぅ、それよりノア先輩。先ほどはすみませんでした。ノア先輩を守るために、早く力を身につけなければと焦ってたんです。俺、体術は劣ると思いますが、魔法はがんばりますね。ノア先輩がどんな怪我をしても治せるよう、努力します」

マホロは真剣な眼差しでノアを見つめた。ノアは暗い表情のまま、両手で顔を覆う。

「話がぜんぜん通じない……。質問――ハムスターに愛とは何か、どうやって教える？」

大きなため息と共にノアに聞かれ、マホロはうーんと頭を悩ませた。

「ハムスターに愛は必要ないんじゃないですかね？　子だくさんだから、種は残りそうだし、愛よりもエサのほうが必要なんじゃないかな？」

生真面目にマホロが答えると、ノアは無言で背中を向けてしまった。


ノアと話していると、あっという間に集合の時間になり、マホロは迷彩服に着替え、重いリュックを担ぎ、カークとヨシュアと共に教員宿舎へ向かった。校長の宿舎の前では校長の使い魔であるロットワイラーが二頭、番をしていた。マホロの姿を確認して、ロットワイラーがワンと吼える。

「入ってくれ」

校長がドアを開け、マホロを招き入れる。

「お邪魔します」

久しぶりに入る校長の部屋に、マホロはびっくりした。オスカーにさらわれた時以来なのだが、部屋がまるで違う造りになっていたのだ。壁紙の色も違うし、テーブルや椅子、キッチンの造りまで変わっている。

「ああ。実はあの後、君がさらわれたことにノアが気づき、私の部屋を破壊してしまってね。急遽修復したのさ。家具は新たに買い入れた」

苦笑混じりに言われ、マホロは顔を引き攣らせた。部屋にはまだ誰もいなかったが、校長と話しているうちにノアとレオンが武装した姿で入ってきた。

「集まったか。そろそろ彼らも来る頃だろう」

全員揃うと、校長はマホロたちを寝室に追いやり、時計を確認する。校長がテーブルを脇にどかし、部屋の中央を空ける。

ふいに床に魔法陣が光った。マホロたちが目を見開くと、そこに団長とアルフレッドの姿が現れる。二人は《転移魔法》でやってきた。魔法陣の光が消えると、アルフレッドがふうと吐息をこぼして首を振る。

「アルフレッド殿下」

カークとヨシュアが跪き、続いてマホロたちもアルフレッドに膝を折った。団長は周囲に目をやり、何か確認している。

「挨拶は不要だ。俺の無理な願いを聞き届けてくれて感謝している」

アルフレッドはうっとりするような微笑みを浮かべ、マホロたちに立ち上がるよう命じた。やはりこの王子の傍にいると、心が浮き立つ。

「早速出発しよう」

アルフレッドは待ちきれない様子で、さっさと校長の宿舎を出る。アルフレッドは迷彩服を着ているが、持っている荷物はマホロより少なくて、団長に至っては、荷物すら持っていない。団長の分はヨシュアとカークが持っているのだろうか？　予定より長旅になったらどうするのだろうとマホロはやきもきした。アルフレッドは王子だし、もしかしてマホロより行軍の知識がないのかもしれない。

「ちょっと、アルフレッド殿下、こんな突然の無茶ぶり旅、女王陛下は本当に納得されているのですか？」

校長は一言物申したかったらしく、アルフレッドの背中を追いかける。マホロたちも慌ててついていった。団長はヨシュアとカークに島での状況を尋ねている。

「もちろん納得しているよ。ダイアナ、あの扉は女王陛下の許可がないと開かないはずだろ？」

アルフレッドは校長と肩を並べて演習場を歩く。辺りは薄暗くなっていて、校長が灯す杖の明かりがないと心許ない。アルフレッドから女王陛下の許可が下りたと聞き、校長は天を仰いでいる。

「許可したと？　信じられない、王族が危険な地へ行くのを？　もしもの時はどうするつもりだ」

校長は困惑し、その視線が団長へ向けられた。

「殿下を危険な目には遭わせるつもりはない。私も最初に聞いた時は、頭が痛くなったが。おかげで二度と行かないと決めた立ち入り禁止区に入る羽目になった」

団長は悩ましげに答える。団長が立ち入り禁止区に入ったのは二十年前で、足を踏み入れるのはその時以来だそうだ。

「殿下、何を考えておいでで？　どんな目的があるのですか」

校長は納得いかない様子で、アルフレッドにしつこく尋ねている。校長は前回、立ち入り禁止区で死者が出たのを気に病んでいるのだ。

「一週間経っても戻ってこなかったら、即座に迎えに行きますからね」

「ダイアナは心配性だなぁ」

アルフレッドは朗らかに笑っている。ご機嫌なアルフレッドと苦虫を噛み潰したような顔の校長の対比がすごくて、マホロは苦笑するしかなかった。ふと隣を見ると、レオンは緊張した面持ちだ。レオンは初めて行くので、不安なのかもしれない。

騒がしいまま立ち入り禁止区との境界線に辿り着き、マホロは眼前に聳(そび)える岩壁を見上げた。

「はぁ。行かせたくないなぁ」

校長は不承不承といった態(てい)で岩壁に杖を叩きつけた。

「我が名はダイアナ・ジャーマン・リード。ファビアンとダフネの子で、雷魔法と風魔法の一族の子なり。ここに真名を記す。七名の人の子を通してもらいたい」

校長はそう唱えながら岩壁に紋様を描き出す。すると岩壁に一条(ひとすじ)の光が射し、扉が出現した。

「すごいな！　これが噂の！」

アルフレッドは興奮して扉に駆け寄る。

「アルフレッド殿下、すごい浮かれているな」

レオンが苦笑している。こんなに興奮しているアルフレッドは初めてだそうだ。

「では順番に入ってくれ」

校長が悩ましげに促す。アルフレッドが早速入ろうとしたが、団長がそれを止め、先に扉を潜った。問題なく向こう側に行き、用意したカンテラに火をつけてから、こちらを振り返る。続けてアルフレッドが扉を潜った。アルフレッドが通れなかったらどうしようとマホロはハラハラしたが、無事に通過できた。たまに入れない者がいるのだ。アルフレッドは興味津々(きょうみしんしん)で周囲を見ている。

続けてマホロとノアが扉を通った。それまでもマホロの周囲にはたくさんの精霊がいたが、扉を越えると、立ち入り禁止区にいた精霊たちが嬉しそうに寄ってくる。

『マホロー。今日は生身なんだー』

『待ってたよー』

精霊たちはきゃっきゃっとマホロにまとわりつき、飛び回る。それなのに、ノアに気づいた途端『怖ーい』と口々に呟いて距離をとってしまった。ノアが闇魔法の一族だからだろうか？　何となく気落ちした。ノアは精霊から恐れられていることなど微塵も気づかず、マッチでカンテラに火をつけている。

「うぎゃっ」

痛みを訴える声が聞こえて振り向くと、カークが扉を越えられず、ひっくり返っていた。

「嘘だろ、俺入れないのかよっ」

カークは痺れた身体を起こし、がっくりしている。

「残念でしたね、では私が……うぐっ！」

続けて入ろうとしたヨシュアが、痛みを訴えて尻もちをつく。

「お前たち、入れないのか」

ヨシュアとカークが入れないのを見て、アルフレッドが面白そうに呟く。マホロも驚いた。魔法団の二人は問題なく入れると思ったのに。

「えっ、護衛が減ってしまうじゃないか。二人がいれば少しは安心できると思っていたのに」

校長も計算外だったようで、動揺している。最後の一人になったレオンが、緊張した面持ちでそろそろと扉を潜る。——レオンは無事、入れた。胸を撫で下ろして、レオンもカンテラに火をつける。マホロもリュックから自分のカンテラを取り出そうとしたが、ノアに必要ないと言われた。

「そんな人数で大丈夫なのか？　私も行くべきか」

校長はマホロたち五人を見て、考え込んでいる。

「レイモンドもノアも異能力を持っているんだ。十分だろう。では行ってくる。ちゃんと戻るから心配するな」

アルフレッドはむしろ楽しくなってきた様子で、手を振ってどんどん先へ進んでいく。団長がまかせておけというように校長に合図して、アルフレッドを追う。

「殿下、待って下さい。危険ですから前へ行かないで」

レオンも自分の立場を思い出し、急いでアルフレッドの前へ回り込む。マホロとノアはその後ろにくっついた。

「アルフレッド王子と愉快な仲間たちみたいになっているな」

ノアが面倒くさそうにマホロに耳打ちした。笑えない冗談に、マホロはノアの口をふさいだ。

こうして立ち入り禁止区への行軍が始まった。

歩き始めて五分ほど経つと、アルフレッドはくるりと振り返った。

「ジャングルみたいで歩きづらいな。君たちはこの道を進んだのか。申し訳ないけど、時間が惜しいので森の人の集落へ急ごう」

晴れやかな顔で言うアルフレッドに、マホロは目が点になった。疲れたので背負えという意味だろうかと悩んでいると、隣にいた団長がやれやれと肩をすくめる。

「やっとピクニック気分に飽きてくれましたか。――皆、近くに固まってくれ。これから《転移魔法》で集落まで飛ぶ」

団長に手招きされ、マホロはつい「えーっ!!」と声を上げてしまった。てっきりまた地道に歩いて進むとばかり思っていたのに、一足飛びに森の人の住む集落まで飛ぶというのか。地下道で《悪食の幽霊》に遭ったらどうしようと心配していたのに、肩透かしを食らった気分だ。

「何を驚いているんだ。うさ……魔法団団長が一緒の時点で、面倒くさい行程をはしょることくらい想定できるだろう。まぁもしかすると俺たちはおいていかれるかもと思っていたから、一緒に飛んでもらえるのは助かる」

ノアは最初からどうなるか読んでいたらしく、びっくりしているマホロに呆れている。レオンもノアと同じ想定をしていたのか、驚いていない。

団長がカンテラの火を消して、宙に円を描いて、そこへ放り投げる。カンテラが空間に消えた。マホロはようやく、団長が荷物を持っていない理由に思い至った。《転移魔法》で荷物を出し入れできる団長は、荷物を持つ必要がないのだ。

「羨ましい能力です……」

マホロは尊敬の念を抱いて、団長を見つめた。

「妬まれるから、あまり人前では見せないんだ」

団長は複雑な笑みを浮かべて言う。ノアとレオンもカンテラの火を消してリュックにくくりつけた。

「全員転移できるのですか？　俺は初めてなので、どこへ行くかも知りませんが」

レオンはこれから何が起きるのかよく分からないらしく、ひたすら周囲を気にしている。

「この立ち入り禁止区には、森の人と呼ばれる先住民が住んでいる。彼らが住んでいる集落に一足飛びに行こうというわけだ。まともに歩くと危険な場所も多いからね。リスクは避けたほうがいい。ここにいるレイモンドは二十年前にギフトをもらった一人だ。レイモンドのギフトは《転移魔法》で好きな場所に移動できるんだ。今回、俺がこの地に来れたのも、ここでは魔法は使えなくとも、異能力は使えると分かっているからだ」

アルフレッドはレオンに説明する。

「団長はどこへでも飛べるのですか？」

マホロは気になって聞いた。

「いや、一度でもその地に足をつけ、なおかつ記憶がないと転移はできない。それに身体のどこかに触れていないと他人は連れていけないという制約もある」

団長は己の能力を隠す気はないようで、気軽に教えてくれる。《転移魔法》で森の人の集落まで行けるなんて本当だろうかとマホロは団長の傍に寄った。団長はアルフレッドを抱き寄せ、マホロの手を握った。

「ノアとレオンは俺の身体のどこかを掴んでくれ。大丈夫だと思うが、万が一、取り残してしまった時は、がんばって徒歩で追いかけてくれ」

団長の手は二つしかないので、確実に連れていくメンバーはアルフレッドとマホロと決めているようだった。団長の肩に手を置いたノアが「放置したら容赦しない」とぼそりと呟く。レオンはおっかなびっくり団長の腕に摑まる。

足元で不思議な紋様が光った瞬間、上に引っ張られる感覚に襲われた。視界が眩しくなり、足元が消えた——と思った時には、草原に立っていた。ほんの一瞬の間だった。画面が切り替わったみたいで、頭がくらりとする。

「こ、これが《転移魔法》……」

レオンは驚きのあまり、腰を抜かしている。見渡す限りの草原の中に、森の人の集落が見える。時刻は夜九時を回ったところで、辺りはすっかり日が暮れていた。集落にはぽつぽつと明かりがあるが、それ以外は闇に覆われ始めている。

「皆、使い魔を呼び出しておいてくれ」

団長が宙に円を描き、そこに手を突っ込んでカンテラを取り出して言う。マホロたちはそれぞれ自分の使い魔を呼び出した。

「何故だ、魔法は使えないのに、使い魔は呼び出せるのか？　それに異能力は使える？」

レオンは混乱しているのか、ずっと難しい表情になっている。主人の顔が険しかったせいか、レオンの呼び出したドーベルマンが不思議そうに見ている。

アルビオンは嬉しそうに走り回っていたが、ノアの使い魔のブルを見つけて飛び上がった。アルビオンはブルが苦手で、すぐさまマホロの背中を駆け上がって頭に飛び乗ってきた。高い場所からブルを見下ろし、威嚇(いかく)している。

「君の使い魔はずいぶん小さいな。使い魔で白いチワワは初めて見た」

アルフレッドはマホロの頭の上にいるアルビオンを物珍しそうに見る。王家の人間は魔法回路を持たないので、むろん使い魔もいない。

「だが可愛い」

アルフレッドがアルビオンに手を近づけた。臆病なアルビオンのことだからアルフレッドに噛みつくのではないかと心配したが、杞憂だった。頭を撫でられて、アルビオンはとろんとして擦り寄る。

「こいつ、俺への態度と違いすぎないか？」

ノアは不満そうにアルビオンを見下ろす。ブルも同じくガウガウ唸るので、つい笑ってしまった。

「では行こう。突然の訪問で、彼らが我々を受け入れてくれるかが問題だ。マホロ、森の人との交渉には君の存在が欠かせない」

団長は黒い馬の首を撫でて言った。

「馬なんですね、団長の使い魔は」

マホロは目を瞠った。団長の黒馬は毛並みがよくすらりとした肢体を持っている。使い魔にしては大きすぎて、その分魔力を消費しそうな気がする。ローエン士官学校で在学中に召喚する使い魔は犬と決まっていると校長が言っていたので、馬なのは意外だった。

「この使い魔は、魔法団に入った頃に召喚したものだ。使い魔は、本来、自分と縁のある動物が来る場合がある。この子はかつて私が何よりも大事にしていた馬なんだ」

団長は黒馬のたてがみを愛しげに撫でながら、話してくれた。

カンテラに明かりを灯して、マホロたちは集落に向かった。前回は恐ろしかった地下道を通らなくてすんだのは、幸いだった。しかもほんの一瞬でここまで辿り着いた。アルフレッドの目的が森の人の集落なら、すぐにでも帰れそうだが……。

（ノア先輩は、ここから山を二つ越えた先に闇魔法の一族がいるかもしれないって言ってた。ここまで来れたなら、そこに行きたいんじゃないかな）

マホロはちらちらとノアを窺った。マホロ自身も、光の精霊王に会いたいという思いがある。

「マホロ、俺が王子というのは伏せておいてくれ。同じローエン士官学校の学生という設定にしよう。ここでは魔法が使えないし、ばれやしないだろう。皆も俺を殿下と呼ぶのは禁止だ。アルフレッド、いやアルと呼び捨てにしてくれ。特に、レオン。間違えないように」

アルフレッドはレオンに念を押す。王子を呼び捨てにするなんて、とマホロがあたふたすると、レオンも悲愴な顔つきで「無理です」と身を引いた。

「――命令だよ」

アルフレッドは強引に反論を封じ込めた。一瞬でぴりっとするのは、王族の持つ圧力だろうか。名前を呼ばないよう、気をつけるしかない。

集落のすぐ近くに転移していたので、十五分も歩くと集落についた。集落の見張りをしていた若者が、マホロたちに気づいて近づいてくる。

「これは、光の民！　どうしたのですか、突然」

若者はマホロの顔に見覚えがあったようで、一番前を歩いていたマホロの前で跪いた。

「突然すみません。村長とお話ししたいんです。彼らは俺の仲間です」

マホロはあらかじめ打ち合わせした通り、若者に村長への取り次ぎを頼んだ。集落の入り口には、二本の木が枝葉を広げて、門のように大きく聳え立つ。村にはお椀を引っくり返したような丸い屋根の家がいくつも建っている。

入り口で待っていると、ややあって白髪の老人が先ほどの若者と一緒にやってきた。白い口髭を生やした、この村の村長のアラガキだ。貫頭衣に凝った刺繍の帯を巻いている。マホロを認めて、顔を輝かせる。

「おお、光の民、マホロ様。お身体は治ったのですね」

アラガキはマホロの前に跪いて、崇めるようにマホロの手をとる。そういえば前回ひどい怪我を負って村を出たのだ。ノアもあの時のことを思い出したようで、うつむいて唇を歪めている。

「すっかり元気です。突然の訪問を許して下さい。我々を今夜、村に泊めていただけますか。彼らは俺の仲間です。知っている顔もあると思いますが」

マホロは後ろに控えている団長とアルフレッド、ノアにレオンを紹介した。ノアのことは村長も記憶しているようで、眼差しに同情を浮かべている。マホロが大怪我を負って、深いショックを受けていた姿を覚えているのだろう。

「私は二十年ぶりの訪問になります。レイモンド・ジャーマン・リードです」

団長が懐かしそうにアラガキの手を握ると、アラガキも遠い日の記憶が蘇ったようで、頬を紅潮させる。

「あの時の青年……、ですな！　ギフトを授かっていたので覚えております。私もあの頃は若かったもんでなぁ。こんなに立派になられて」

団長は校長と一緒にギフトをもらいに来たと言っていたが、立ち入り禁止区に入っても外見に変化はない。だとすれば三十代後半くらいだろうか？

「初めまして、よろしくお願いします」

アルフレッドとレオンは皆の邪魔にならないよう、物静かに挨拶を交わしている。不思議なのだが、さっきまでどこにいても目に入るくらい存在感があったアルフレッドが、今は影が薄いというか、しゃべっていないと忘れてしまいそうなくらいだ。まさか自由自在に気配を変えられるのだろうか？　魔法ではないとしたら、どうやって？

「どうぞ、皆様。たいしたお構いもできませんが、幸い空いている家が一つあります。そこでよければ、宿代わりにお使い下さい」

アラガキがマホロたちを村に誘導する。騒ぎを聞きつけた村人たちが、マホロの姿を目にして次々に膝をつく。何度経験しても慣れないものだ。中にはマホロが元気になったのを見て、涙ぐんでいる者までいる。この辺には犬はあまりいないのか、使い魔の犬を珍しそうに眺めている。

彼らは皆アラガキと同じく白い貫頭衣を身につけ、それぞれ異なる刺繍の入った帯を巻いていた。

「ここです。この家を使っていた者は高齢で亡くなりまして、そろそろ取り壊さねばと思っていたところなのですよ」

アラガキが案内してくれたのは、村の西側にある家だった。壁はこねた泥で造られていて、入り口はアーチ状になっている。内部は藁が敷かれていて、大小さまざまなツボがいくつか置かれていた。使い魔の犬は入れるが、馬は大きすぎて入れず、団長は自分の中にしまっていた。それでも大の大人四人とマホロが横に並んで寝るとぎゅうぎゅうだ。使い魔たちはそれぞれ主人の傍でまったりとくつろいでいる。アルビオンはマホロの膝の上で丸くなった。

「後で飲み物を持ってきましょう。皆様、食事はされましたか？　何か入り用なものがあれば、仰って下さい」

アラガキは人の好さそうな笑顔で、マホロたちを気遣う。

「ありがとうございます。食事はすませてきたので、大丈夫です」

寝袋は各自持っているので、どうにかなりそうだ。そうですか、とアラガキは頷くと離れていった。

「これが森の人の集落か……すごいなぁ。まさか直に見られる日がくるとは」

アルフレッドは高揚して家の造りを確認している。五人休むには少し狭く感じる。けれど、森の人の集落では、この大きさが一般的なようで、狭いなどとは口に出せない。団長がカンテラを家の四隅に置いて火を灯した。家の中が明るくなると、ホッとする。本当なら油を大切に使うべきだが、いくらでも物を取り出せる団長がいるので、気楽だ。

十分もすると、アラガキの妻がやってきて、熱いお茶を全員に振る舞ってくれた。アラガキは飲用水の入ったツボを運んできてくれた。団長は彼らに《転移魔法》について話す気はないらしく、有り難く水を受け取っていた。

「それで、アル。あなたの目的についてはっきりさせたいのだが」

遠巻きにこちらを窺っていた村人がいなくなったのを見計らい、ノアが低い声で切り出した。

それまで熱心に家の構造を確かめていたアルフレッドは、堪え切れない笑顔をやっと引っ込めた。

「俺も聞きたいです。ギフトに用がないなら、何をしにここへ？」

レオンもずっと気がかりだったようだ。団長が腰を下ろし、マホロたちも円を描くように藁の上に座り込んだ。

「もちろん、地図の空白部分を埋めるためだよ」

最後に腰を下ろしたアルフレッドが、こともなげに言った。

「空白……？」

マホロは意味が分からず、聞き返した。

「――この島の全容を知るために、昔から何度も兵が派遣された。途中の道に危険な生物がいることもあって、その度にここに辿り着くまでに何人もの死者を出した。この村から先に至っては、足を踏み入れた者もいるにはいたが、たいした情報はなく、何も明らかにされていないも同然だ。それに、長くこの場に留まると肉体に害が及ぶことも分かっている。原因ははっきりしないが、この立ち入り禁止区は、光魔法と闇魔法の一族、森の人以外は定住できないようになっているんだ」

アルフレッドは隠すことなく話し始めた。そういえば校長も滞在するにしても長くて半年、それ以上いると具合が悪くなると言っていた。

「今までは調査不可能とされていたが、先の立ち入り調査で、使い魔を呼び出せることと、ギフトで得た能力は使えることが分かった。ものすごい朗報だったよ。何しろ、ここにいるレイモンドは《転移魔法》が使える。何日もかかる行軍を一気に短縮できるというわけだ」

我が意を得たりとばかりに、アルフレッドは隣にいる団長の肩を叩く。

「それに関しては、私だけが行けばいいと何度も申し上げましたがね」

団長は何かを思い出したのか、皮肉げにアルフレッドを見やる。

「こんな機会、二度とないんだ。俺にだって、機会を与えてくれてもいいだろう？　そんなわけで、この先のルートを確保し、調査するのが今回の目的だ。いつまでもいたい、と言いたいところだが、女王陛下の許可が下りたのは一週間だけ。一週間経ったら、士官学校に戻る約束になっている」

アルフレッドは期待に満ちているようだが、この先のルートなんて、それこそ危険がいっぱいなのではないだろうか。危険な目に遭っても、団長の《転移魔法》があれば逃げられるというのは確かだろうが……。

「危険です！」

レオンもマホロと同じ考えに至ったようで、身を乗り出して反論する。

「それこそ未開拓地を調べるのは、俺たちだけで十分ではないですか？　あなたは次の……次の王となるべき人で……っ」

レオンは誰かに聞かれるのを用心して、声を押し殺す。

「いや、逆に言うと、俺は今しかここに来られなかった。ジークフリートに襲撃された日だが、あの日は王族のみが集まって行う秘密の儀式があったんだ」

アルフレッドは終始機嫌がよく、おそらく平時なら明かさない話を語り始めた。

「秘密の儀式……？」

ノアが興味を引かれたようにアルフレッドを見る。

「詳細は伏せるが、いくつかある儀式の一つに宣託を受けるというものがある。——俺は生まれた時に、王になると預言されていた」

アルフレッドがさらりととんでもないことを言い、団長とレオンの顔色が変わった。

「もちろん、あの事件が起きるまで、俺も身内も信じていなかった。何しろ俺は王位継承順位第十三位で、とても玉座に手が届く位置にいなかったから。唯一、女王陛下だけは信じていたようだけどね。そんなわけで、宣託の正しさが証明されたわけだが、逆に言えば王子である今の状態は、神に命を保証されているようなものだ。王になる前に、俺が死ぬことはない。だとしたら今こそ、この地に行き、調査すべきだと思った。預言を知っているからこそ、女王陛下は俺の説得に応じて調査を許可してくれたんだ」

宣託がどのようにして行われたか知らないが、本当に未来が分かるのだろうか。マホロはアルフレッドの話を聞きながら、思い出したことがあった。生死の境をさまよっていた時、マホロは光魔法の一族の師であるマギステルと逢った。マギステルは時間を往き来できると言っていた。マギステルが視てきた未来を語れば、それは宣託になる。

（マギステル……）

マギステルについて考えだすと、胸が苦しくなる。マギステルはマホロに光魔法の一族の子孫を増やせと言った。マホロはそれについて考えないようにしている。

「しかし……それは……」

レオンは納得がいかない様子だ。団長も物憂げに腕を組んでいる。

「明日からの目的地を伝えておく。ここから山を二つ越えた先に、闇魔法の一族が暮らす集落がある。俺はそこへ行きたい」

アルフレッドの発言に、マホロはノアを振り返った。

まさか、アルフレッドの目的地とノアの行きたい場所が同じだなんて——。

「闇魔法の一族に会いに行くというのですか？　それがどれほど危険なことか、お分かりのはずでは？　そもそも闇魔法の一族がいるというのは本当なのですか？」

レオンは断固反対を主張する。

「調査兵の話では、いるらしいという曖昧な証言しか得られなかった。現地に辿り着く前に、身体を壊して戻らざるを得なかったそうだ。この村にいるヨナハという男から話を聞いたらしいので、明日にでもその者を捜して話を聞きたい」

マホロは全く意志の揺るがないアルフレッドに脱帽した。もし闇魔法の一族がその集落にいるとして、王族だとバレたらただではすまないだろう。闇魔法の一族はすべて処刑すると決めたのは王家だ。憎まれているはずだ。

「もし本当に闇魔法の一族を見つけたら、どうするつもりです？　まさかここに魔法団や軍を派兵しろとは言いませんよね？」

団長がアルフレッドに静かに問いかけた。

アルフレッドは闇魔法の一族をどうするつもりなのだろう？　生き残った者も根絶やしにするつもりなのか？

マホロは緊張して膝の上にいるアルビオンの毛を引っ張ってしまった。眠りかけていたアルビオンは、キャルルと怒り、マホロの手に噛みつく。

「馬鹿なことを。前々から言っているが、俺は闇魔法の一族を悪とは考えていない。俺が王位に就いたら、髪の色で生死を決めるような愚かな法は撤廃するつもりだ。まぁ現状、反対派が多いから、簡単にはいかないだろうが」

アルフレッドはこともなげに述べた。

アルフレッドの治世になれば、ノアの問題も解決するかもしれない。いや、ジークフリートの問題だって解決するのではないだろうか？　そう思うと、心に希望が湧いた。殺されるしかない運命と知り、ジークフリートは国を壊す選択をした。互いに手を取り合って生きる世界になったら、どれほどいいだろう――。

「では何故、行く？」

ノアはアルフレッドの真意を見極めようとしてか、探るような口ぶりだ。

「愚問だな。知りたいからだよ」

アルフレッドは抑えきれない衝動を明かすように、晴れ晴れと笑った。

「俺は知りたいんだ、闇魔法の一族というものを。どんな暮らしをして、どんな風に生きているのか――、何故彼らは人の命を奪うような魔法ばかり使えるのか――、立ち入り禁止区では何故魔法が使えないのか、知りたいことを数え上げればキリがない」

知への欲求――アルフレッドの為人が少し見えた気がして、マホロは胸が熱くなった。知りたいというたったそれだけで、敵も同然の集落へ行こうとしている。恐れを知らないのだろうか。あるいは王子ゆえの傲慢さなのか。マホロには判断がつかなかった。

「なるほど、理解した」

ノアは薄く微笑んで、ごろりと横になった。

「待て、俺はまだ……っ、俺は殿下は王族として慎重な行動をとるべきだと……っ」

レオンはますます困惑し、混乱している。

「十分、慎重だろ。敵の懐に飛び込もうっていう頭のおかしい行動を、自分が絶対に死なないという確証のある今だからこそ、叶えようとしているんだ。俺たちはそれをフォローする。そういうことだろ？」

ノアはにやりと笑って、くっついてきたブルを撫でる。ノアはノアで好都合と思っているのだろう。機会を窺って闇魔法の一族の元へ行こうとしていたのだから、大手を振って行けるならこれほど有り難いことはない。

（王子はノア先輩の事情を知っている。それもあって今回ノア先輩を指名したのかな）

マホロはレオンを宥めているアルフレッドの横顔を見つめた。

「というわけで明日から山越えだ。私の《転移魔法》はこの先は戻ることにしか使えない。山を二つ越えるなら、それなりの覚悟が必要だろう」

団長は同情気味に体力のないマホロを見やると、空間から山越えの装備を取り出す。明日からのために、しっかり睡眠をとらなければ。マホロは寝袋を取り出して寝る準備をした。

闇魔法の一族の集落とは、どんな感じなのだろう。暗くなってもなかなか寝つけないまま、マホロはまだ見ぬ地に思いを馳せた。

朝になり、揺さぶられて目覚めたマホロは、森の人の集落に来ていたことを思い出した。

アラガキや村の人が果物やパン、温かいシチューを朝食に提供してくれた。シチューはヤギのミルクを使ったもので少し癖があったが、村人の好意がとても嬉しかった。

ヨナハという名の男はすぐに見つかった。アルフレッドに頼まれて、マホロが闇魔法の集落について尋ねると、言いづらそうに話してくれた。

「村の外を詮索をしてはならないという決まりがあるので、俺が話すことは、村長には内緒にして下さい。闇魔法の一族が住む集落はここから山を二つ越えます。行くのに一週間ほどかかりました。私は彼らの一人と会いましたが、赤毛ではありませんでした。だから彼らが闇魔法の一族かどうかは分かりません」

その集落に入るには門を通らなければならず、ヨナハは門で止められて集落には入れなかったそうだ。ヨナハは珍しい耳飾りと交換に、その集落の情報を調査兵に売ったという。それ以上はたいして情報は得られなかった。それにしても辿り着くのに一週間では、調査どころか、集落に着く前に時間切れになる。

アルフレッドは集落までの地図を持っていたが、それはヨナハが書き記したものらしい。

「ここが水晶宮への入り口か」

出発前にアルフレッドは水晶宮へ続く、環状列石を見学に行った。三メートルはありそうな巨岩がつらなった場所だ。ノアは二度と近づくつもりはないと嫌悪して、レオンと遠くにいる。マホロは水晶宮が気になるが、万が一のことを考えて巨岩には近づかなかった。アルフレッドはそれぞれの巨岩に描き込まれた図形が気になるらしく、紙に書き写している。アルフレッドは朝早くに起きて、村の中を見て回り、見慣れぬ器具や植物についてあれこれアラガキに質問しまくっていたらしい。珍しいものが多くて、楽しくてたまらないのだろう。

「では出発しよう」

アルフレッドは書き写した紙を団長に手渡すと、爽やかに言った。団長はアルフレッドの渡した紙を空間にしまい込む。

マホロたちは荷物を背負うと山に向かって歩きだした。

森の人の集落の周囲は草原が広がっているが、南のほうには連峰が見える。あそこに着くまでどれくらいかかるのだろう。今日中に辿り着けるか不安になっていると、アルフレッドが安心させるようににこりと笑った。その理由は五分後に判明した。

森の人の姿が見えなくなるまで離れると、頃合いを見計らって団長が宙に円を描き始めたのだ。

「皆、馬には乗れるな？」

団長が空間から取り出したのは、生きている馬だった。マホロは顎が落ちそうになった。生き物も引き寄せられるなんて、すごい異能力だ。マホロが一人で馬に乗ったことがないと言うと、団長は三頭の馬を取り出した。

「お前は俺と乗れ」

ノアは葦毛（あしげ）の馬の手綱を引き、マホロを手招きする。ノアはこうなることも想定していたらしく平然としているが、マホロとレオンは絶句している。アルフレッドは愛馬らしき白馬の首を撫でて、愛しげに何か話しかけている。レオンは濃い茶色の馬の手綱を握った。団長は使い魔である馬に騎乗するようだった。

「嫌でなければ、皆の荷物を空間にしまうが」

団長が手を差し出す。もちろん荷物が軽くなるのを断る人はいなかった。マホロたちは自分たちの荷物を団長に預け、身軽な状態で馬に乗った。ジークフリートの馬に乗ったことはあるが、自分では手綱をさばけないので、マホロはノアに乗せてもらう。

「では急ごう。時間は有限だから」

アルフレッドは馬の腹を軽く蹴り、草原を駆けだした。ノアたちもそれに続く。まさかこの立ち入り禁止区を馬で移動するとは。

「団長のギフトって、すごいですね！」

マホロが馬の背で揺られながら言うと、ノアはつまらなさそうに「破壊するだけの異能力で悪かったな」とぼやいた。すねているのだろうか？

広い草原も馬で移動すれば速いものだった。一時間も走った頃には山が迫ってきて、地形も変化した。草原だったところはなだらかな森に変わり、下を向けば、草ではなく土が見える。山に入ると速度は落ちたが、馬たちは器用に登っていく。

「この辺で昼食にしよう」

移動を始めて三時間ほど経った時、団長が開けた空間を見つけ、休憩を提案した。

「この先は少し険しくなるので、徒歩で進むことになる」

地図を眺めながらアルフレッドが言う。ここまで馬で来たので、マホロたちはそれほど疲れていなかった。昼食用に火を熾(おこ)し、スープを作り、ベーコンとパンを焼いた。マホロたちはそれぞれ携帯食を持参していたが、団長が取り出す新鮮な食材の魅力には抗えなかった。団長はこの異能力さえあれば、どこへ行っても飢え死にしない。

「本当に無敵ですね。何でも取り出せるのですか？」

カリカリに焼いたベーコンをパンに挟んで食べながら、マホロは感心して聞いた。

「いや、そういうわけではない。どこに何があるか分からないと取り寄せられない。あらかじめ、厩舎に予備の馬を用意させたり、厨房の者と連携をとって用意してもらっている。だからたまに、間違えて手に取ってしまうものもあるのだ。こんなふうにね」

団長はそう言ってアボカドを見せた。団長は洋ナシを取り出したつもりが、アボカドを取ってしまったらしい。手の感覚だけで取り寄せるため、たまに間違いもあるとか。マホロがアボカドが好きだと言うと、ナイフで割ってくれた。

和やかに昼食を終えると、山を登り始めた。登山道などないので、方角をいちいち確認しながら獣道を辿った。下ったり登ったりと、道なき道を進んだ。アルビオンは最初こそ他の使い魔と同様に歩いていたが、すぐにマホロの頭に乗り、歩くのをやめてしまった。徐々に高度が増し、振り返ると遠目に森の人の集落が見えた。

「今のところ、竜も闇の獣も見当たらないな」

アルフレッドは双眼鏡で周囲を観察しながら呟いた。そういえば竜の巣があると校長が言っていた。あまりにも楽な道中だったので、危険についてすっかり忘れていた。空にはたまに鳥が飛んでいるくらいで、獣がいる気配はない。それにあちこちに光の精霊がいて、マホロの周囲を踊りながらついてくる。不安要素は何一つなかった。

「ノア先輩、あの……お母さんの話なんですけど」

気を抜けば滑り落ちそうな斜面をノアに手を引かれて歩いている途中、マホロはこっそり声をかけた。

「ああ。俺も内心驚いていた。目的地が一致するなんてな。あの王子の手のひらで踊らされているようで面白くないが」

ノアは少々気に食わない様子だ。マホロとしては一石二鳥でいいと思うのだが。

「そういえばお前、光の精霊王と話したいと言ってなかったか？」

「あ、はい。とりあえず、王子の用事が済んでからでもいいかなと」

何となく、昨日は光の精霊王を呼び出す気になれなかった。光の精霊王はマホロに何かさせたいようだった。それをアルフレッドたちの前で明かしていいのか、判断できなかったのだ。

「日が暮れてきたな」

大小様々な石が無数に転がっている山道を越えると、空が赤く染まり始めた。団長はこの辺りで野営するつもりのようだ。マホロは標高の高い山に登るのが初めてだったので、辺りの景色を一望して、感動で動けなくなった。真っ赤に染まる空はこの世のものとも思えない美しさだ。

「おそらくあそこが、闇魔法の一族が住む場所だ」

景色に見惚れているマホロの隣に、アルフレッドが並び立ち、双眼鏡を覗きながら言った。連峰の先に、確かに異質な場所がある。遠目でははっきり分からないが、異常に緑の濃い場所があって、その隙間から石造りの建物がちらほら覗いているのだ。

「俺は本当に運がいい」

アルフレッドが呟くように言い、唇の端を吊り上げてマホロを見つめた。アルフレッドの瞳に見つめられると、どうしてもドキドキしてしまう。瞳に魔法がかかっているのだろうか？　ここでは魔法は使えないはずだし、王族は魔法を使えない。なのに、アルフレッドの瞳はマホロを魅了して、胸を騒がせる。王族の魅了の魔力に圧倒される。

「君は――人にギフトを与えることはできないのか？」

ふいに、アルフレッドに思いがけない質問をされ、マホロは面食らった。自分がギフトを与える？　そんなこと考えたこともなかった。

「俺は司祭じゃないので、できない……と、思います」

否定しながら、マホロの鼓動が激しくなった。

――本当にそうだろうか？

そういえば、何故光魔法の一族の司祭は、ギフトを与えることができるのだろう？　司祭のみ使える能力なのだろうか？　ノアに二つ目のギフトを与えたあの少女は、どこでそれを習ったのだろうか？　そもそも、ギフトを与える代わりに、何故その人の大切なものを奪うのだろうか？

尽きぬ疑問が、一瞬にして頭を過ぎった。そして、思い出した。

あの少女がノアに二つ目のギフトを与えた時の口上に、聞き覚えがあったことを。

「俺は……あまり記憶がなくて、光魔法の一族については、知らないことだらけなんです」

マホロは疑問をすべて封じ込めて、うつむきがちに答えた。自分の中には触れてはならない隠された事実がある。それについては考えてはいけない気がして、頭の隅に追いやった。

その夜は山中にテントを張り、交代で寝ることにした。翌日は日の出と共に起き出し、再び道なき道をかき分けて進んだ。

一つ目の山は、その日のうちに越えられた。比較的標高が低く、獣道があったのが幸いした。天気もよく、獣にはほとんど会わなかった。鼬(いたち)のような長い身体を持った小動物を木の上に見かけたくらいで、危険には遭遇しなかった。クリムゾン島の立ち入り禁止区の気温が高いのも行軍が楽だった要因かもしれない。加えて食事は新鮮で、なだらかな道に出れば、馬に乗ることができた。前回来た時はかなり体力を消耗してつらかったが、今回は本当に楽だった。

けれど三日目になると、問題が発生した。

二つ目の山を登り始めた時点で、上空に竜が現れるようになった。竜は鞍(くら)をつけておらず、野生の竜のようだった。まだ距離はあるものの、黒い羽を広げて同じ場所を行ったり来たりしている。

「レイモンド、お前竜を操れないのか？」

身を潜めた茂みから空を見上げ、アルフレッドが団長に無茶ぶりする。

「王子、竜を操れるのは竜使いだけです。見つからないよう、行きましょう」

団長の指示に従って、生い茂っている木々の間をすり抜けていく。歩いているうちに竜の数がどんどん増え、大きさの異なる竜が何頭も空を飛ぶようになった。竜は谷に吸い込まれるように下降したり、上昇したりを繰り返している。おそらく谷底に竜の巣があるのだろう。

マホロたちは谷に近づかないよう、険しい山道を移動した。途中、荒々しい岩肌がむきだしになったところに出て、高低差のある岩を鎖を使って乗り越えた。アルフレッドによると、ここはクリムゾン島の南側に位置するらしい。

「そろそろ近いぞ」

王族にもかかわらず、アルフレッドは体力があって、この面子（メンツ）ではマホロが一番足を引っ張っていた。三日目の夜を切り立った岩の間で過ごし、四日目の昼前にようやく目的地が見渡せる場所に着いた。

「あれが、闇魔法の一族が住むという集落……」

山の中腹から集落を見下ろし、マホロたちは息を呑んだ。森の中に、大きな石で造られた門があったのだ。鋭い刃物で側面を切り落としたような縦長の石が、集落の入り口らしき場所にあった。集落は深い森の奥にあるらしく、枝葉を広げた木々が集落全体を覆い隠していた。太い幹の木の枝同士が絡まり合い、外から中が見えないようになっている。自然にできたものとは考えにくく、魔法か何かでわざと隠しているようだった。それがずっと先まで続いているのだ。森の人の集落とはまったく違う、規模の大きなものだった。

「見張りがいるな」

双眼鏡を覗いていたアルフレッドが、困ったように言う。

「馬を使えば、今日中にあそこへ着くだろう」

団長が距離を計算して断言する。昼食をとりながら、これからについて話し合った。

「いきなり行って、中に入れてくれるでしょうか？」

マホロが一番心配なのは、入り口にいる見張りが、マホロたちに剣を向けることだ。魔法は使えないと言われているが、使い魔を呼び出せるのだし、闇魔法の一族なら闇の獣を侵入者に放つことができるかもしれない。最悪の場合、挨拶だけでこの旅が終わる可能性がある。

「そもそもどうやって入るつもりだったんですか？」

レオンはクロワッサンを齧りながら、アルフレッドに尋ねる。

「ノアは闇魔法の一族かもしれないので、闇魔法の一族に会いに来た、と話を持ちかけるつもりだ。俺たちはノアの友人で、大切な友人のために一緒にここへ来た——ということにしよう」

アルフレッドのきわどい発言に、マホロは飲んでいたコーヒーを噴き出しそうになった。ノアは苦虫を噛み潰したような顔になっている。レオンは気まずそうにノアを見てから、アルフレッドと団長に向き直った。

「ノアは火魔法の一族、と確認できたのではないんですか？」

レオンは魔法団の地下の部屋で赤毛のノアと会っている。レオンは疑念を抱き、アルフレッドを見据える。

「もちろん、嘘も方便というやつだよ。っと、その前にノアには髪の色を赤く染めてもらわねばならないな。団長、例のものを」

アルフレッドはレオンに真実を明かすつもりはないらしく、にっこりと笑顔で団長に手を差し出す。団長は空間から、小瓶を取り出した。それをアルフレッドがノアに手渡す。

「……道案内をしてくれるね？」

微笑みを浮かべたアルフレッドに瓶を渡され、ノアは苛立ちを顔に浮かべながらもそれを受け取った。

「ノア先輩、手伝います」

マホロはノアの髪を染める手伝いを買って出た。においがきついというので、レオンたちとは少し離れた大きな岩の上にノアを座らせた。蓋を開けると、特に変なにおいはしなかった。ノアの髪に瓶の中身をかけていく。それは透明な液体で、ノアの髪につけるとみるみるうちに赤毛になる。まさか山の中でこんなことをするとは思わなかった。液体が地面にぽたぽた落ちている。マホロにとってはほぼ無臭だが、このにおいが嫌なのか、光の精霊たちが一目散に逃げてしまった。

「あの野郎、染料を落とす液体じゃないか」

ノアは髪の匂いを嗅いで、忌々しそうに呟く。マホロはノアの長い髪を櫛で梳きながら、用意していた桶の水でノアの髪を洗った。

「ノア先輩……図らずもここまで来てしまいましたが、大丈夫ですか？」

マホロは濡れたノアの髪を梳きながら聞いた。レオンはアルフレッドと何か込み入った話をしているようで、険呑な雰囲気だ。

「正直どうなるか、俺にも分からん。とりあえず王子は俺の正体をレオンに明かすつもりはないようだ。団長はあえて黙っているのだろうな。嘘話に乗っかってやるよ。母親を捜していると言ってやろう。嘘じゃなくて、真実だから、騙す罪悪感を抱えなくていい」

濡れた髪を布でがしがし拭き、ノアが面倒そうに立ち上がる。マホロはノアが心配だったので、何かあったら助けられるように傍についていようと決意した。

赤毛に戻ったノアを見て、レオンが気まずそうに目を逸らす。レオンはこの状況に憤りを隠しきれない様子で、下山中も一人、離れて行動している。ノアが本当に闇魔法の一族の血を引いていると知ったら、レオンはどうするのだろう。ジークフリートに対して怒りを抱えているレオンにとって、闇魔法の一族は敵だ。数少ない友人の一人であるレオンと、ノアが仲違いするような事態にならないことを願った。

斜面が緩やかになると、馬での移動に切り替えた。日が暮れる前に、闇魔法の一族の集落に着きたかった。馬の扱いに慣れた面子ということもあって、夕方には入り口の門が見える場所に着いた。茂みに隠れて、門を窺う。

「馬は隠しておいたほうがいいだろうな。なるべくレイモンドの異能力は知られたくない」

レイモンドに馬の転移を命じると、アルフレッドはいかにも遠くから来た風を装ってリュックを背負った。マホロたちもそれぞれの荷物を団長から返してもらい、立ち入り禁止区に入った時と同じ迷彩服に帽子という出で立ちになった。

「いきなり戦闘になったら、それぞれ銃か剣で対応を。そうならないよう、上手く交渉したいものだが」

団長は腰に提げている銃のホルダーを確認して言う。マホロは一応帯剣しているが、身を守るためのもので、相手に刃を向けるつもりはなかった。

団長を先頭に、マホロたちはゆっくりと門に近づいた。門の周りは木々が生い茂り、奥がよく見通せなかった。枝葉の隙間に、建物がちらりと見える。神殿に似ている気がする。

「止まれ！」

門の手前、百メートルほどの距離で、門から男が出てきた。マホロたちは逆らわずにその場に立ち止まった。五十代くらいの、髪の色は黒く、日焼けした大柄な男が弓矢を手にしていた。

「何者だ？　何しに来た？」

男は矢をつがえ、油断なくマホロたちを警戒しながら問う。その後ろから同じような年齢の茶髪の男が現れ、同じように弓矢を構える。彼らの目が、ノアに気づいて困惑する。

「怪しいものではない。ここが闇魔法の一族の集落かもしれないと考え、やってきた。彼の素性を知るために。彼は闇魔法の一族かもしれないので」

団長は敵意のない証拠に両手を上げてみせた。

「それにこの子は光魔法の一族の子だ」

団長がそう言って帽子を脱いだマホロを前に出すと、二人の態度が一気に軟化した。二人とも弓矢を下ろし、強張っていた頬を弛める。

「光の子でありましたか。これは失礼」

男二人はマホロを注意深く眺めながら、近づいてくる。ここでも光魔法の一族は受け入れられているようだ。それにしても闇魔法の一族の集落と聞いていたのに、二人とも赤毛ではない。どういうことなのだろう。

「よそものはめったに来ないので、ここで少々お待ちいただけますか？　長に、あなたたちを招き入れてよいか聞いてまいります」

茶髪の男が、軽く一礼して門の奥へ駆けていった。黒髪の男はノアを見つめ、どぎまぎしたように目を逸らす。ノアの美しさに驚いているのかもしれない。

「ここは……闇魔法の一族の集落なんですよね？」

ノアは黒髪の男を見つめ、率直に尋ねる。黒髪の男はどうしようか迷った末に、うなじを搔いた。

「今は何も言えません。長の判断を待たないと」

黒髪の男とマホロたちはその場でしばらく茶髪の男が戻るのを待っていた。黒髪の男は森の人と似たような服装だったが、腕や首、髪や頭にたくさんの装飾品をつけていた。日が暮れるにつれて、鳥があちこちから集まってくる。

いくら何でも遅すぎないかというくらい待たされた後、ようやく茶髪の男が戻ってきた。

「お待たせしました。長が招いてもいいと言っています」

よい返事をもらえて、マホロはノアに笑顔を向けた。まずは第一関門を突破した。ノアは少し緊張した面持ちで、マホロの手を握った。そのまま手を繋いだ状態で引っ張られ、マホロはノアの不安を感じて、黙って寄り添った。

「あなたたちは番なのですか？」

マホロとノアを見て、黒髪の男が穏やかに質してくる。

「番？」

ノアは不愉快そうに唇を歪めた。きっと獣じみた表現が気に障ったのだろう。

「そうか、外では違う言い方をするのですね。えーと、恋人？　婚姻相手？　外の言い方はよく知らないもので。いや、子を生してないから、婚姻はしていないのですね」

黒髪の男が頭をひねる。

「子を生してない……？」

ノアが困惑して聞き返す。

「ええ。だから赤毛のままなのでしょう？　それにそちらの光の子は、珍しく大人の姿だ。司祭ですか？　いや、今の司祭はオボロでしたよね」

黒髪の男はしたり顔で話している。マホロは分からないなりに、気づいたことがある。校長が言っていたではないか。闇魔法の一族は、一子相伝で、子を生すと闇魔法の力を失うと。もしかしてこの二人は、子どもを作ったから赤毛ではなくなったのではないだろうか？　それに司祭のオボロとは……、水晶宮で会った少女の名前だろうか？

あれこれ質問したい気持ちをぐっと堪え、マホロはちらりと後ろを振り返った。アルフレッドは興奮を抑えきれず、おかしな顔つきになっている。レオンは周囲を警戒し、団長はアルフレッドを守るように隣に立っている。

二人の男に連れられ門を潜った。すると不思議なことが起きた。外からは木々の枝葉で集落がほとんど見えなかったのに、門を潜ったとたん、木々の枝葉があるにもかかわらず集落がはっきりと見えるのだ。

「わぁ……」

マホロはノアの手を強く握り、思わず声を上げてしまった。目の前に大きな石造りの神殿が聳え立っていたのだ。この神殿を通り抜けなければ、集落に行けないようだ。神殿の柱廊には石柱が等間隔で並び、女神と男神を模した歴史を感じさせる彫刻が左右に陣取っている。壁には、神々の闘いの歴史と思しきレリーフが彫られている。マホロが知らない神話のようだ。神殿の正面玄関に向かっていると、目の端に地下へ続く階段が見えた。

(地下道で……繋がっている?)

アラガキは言っていた。地下道は日の光に弱い光の民のためのものだと——。

何となく背筋がざわりとする嫌な感覚を覚えたが、ノアに腕を引かれてマホロは前を向いた。

「こちらへ」

門番の二人は階段を下りずに、マホロたちを奥に誘う。神殿には薄闇が広がった。ところどころ、壁の窪んだ箇所に明かり採りの窓があるが、全体的に暗い。床は石畳で、歩くたびに靴音が響いた。

「長が会うそうです。こちらへ」

門番は大きな扉を押し開けて、さらに奥へと誘う。扉の奥は回廊になっていて、中央に滾々と湧き出る泉があった。渡り廊下を進み、また扉を潜る。今度は広い部屋に出た。だだっ広い大理石が敷き詰められた広間だ。奥の壁際に祭壇があって、長い蠟燭と水が入った皿が置かれていた。その前に白髪の老婆が杖をついて待っていた。顔には皺が深く刻まれ、白髪を三つ編みにして束ねている。二人の男はじゃらじゃらと装飾をつけていたが、老婆は貫頭衣しか身にまとっていなかった。しかしその貫頭衣は、黒の衣で、帯は金色だった。

「ようこそ、客人よ。私はこの集落の長、ノービルと申す」

老婆は厳かに切り出し、マホロたちを凝視した。門番に跪くよう促され、マホロたちは急いで膝を折った。

ノービルはゆっくりとマホロたちをひとりひとり見る。ノアとマホロのところで驚いたように目を見開き、ふいに涙を流し始めた。

「待っていた。あなた方がやってくるのを。司祭の言葉を信じて待った甲斐があったというもの」

ノービルはほろほろと涙を流し、天に向かって手を上げた。マホロたちが戸惑っていると、ノービルは二人の男に目配せをする。二人の男は一礼し、右手にある小さな扉からどこかへ行ってしまった。

「待っていたとは？　どういう意味でしょうか？」

不愉快さを隠しもせず、ノアはノービルに尋ねる。

「闇魔法の正統な血族は、この集落にはもう数えるほどしかおらぬ。まだ成人前の子どもが三人。それだけじゃ。我らはかつて闇魔法の血族だった者。だが、すでに闇魔法の力を失い、ひっそりとこの集落で天命を待つのみ」

ノービルはノアの質問を無視して、独り言のように呟く。マホロは落ち着かなくなって、周囲を見回した。嫌な感じがする。胸がざわざわする。不安になってノアの腕に手をかけると、ノアがその手を握ってくれた。アルフレッドは後ろで、あらゆるものを聞き逃すまいと聞き耳を立てている。団長とレオンは辺りを見回している。

「お連れしました」

右手の小さな扉が開き、先ほどの男たちが戻ってきた。そっちを見たマホロは、ぎょっとして腰を浮かせた。ノアも身体を硬くして、立ち上がる。

扉から入ってきたのは、水晶宮で会った少女だった。忘れもしない、ノアとオスカーにギフトを与えた司祭。

「どうした？　何者だ？」

ノアとマホロのただならぬ様子にアルフレッドがすかさず立ち上がり、少女を注視する。腰まで伸びた白い髪に白い肌、八歳くらいの少女が、とことこと駆けてくる。

「すぐここを出るぞ！」

とっさにノアがマホロを抱き寄せ、この場から立ち去ろうとした。けれどそれより早く、少女は宙に浮かんでマホロたちの前に回り込んできた。事態を把握できない団長やレオンは、少女が敵なのかどうか判断できずにいる。

「この少女は司祭だ！」

ノアが叫び、ハッとした団長やレオン、アルフレッドが身構える。突然、周囲に静電気が起こった。ぱちぱちと空気が爆ぜる音がして、少女の髪が逆立ち始める。マホロやノア、レオンの使い魔が激しく吼えだす。

「お役目を果たさなければ……」

少女はマホロたちを見据え、ほっそりした腕を広げた。少女の黒い瞳が金色に変化した。少女の身体が再び宙に浮かぶ。びりびりと痺れる感覚に貫かれ、マホロは動けなくなった。ノアやレオン、アルフレッドや団長も同じように、床に足を縫い留められる。

『私は光の使者、光の剣、光の盾、時を統べ、死を招く……』

少女の声色が変化し、聞き覚えのある口上を述べ始める。使い魔がいっせいに少女に突進して、その衝撃で少女の身体が揺れた。とたんにマホロたちの呪縛は解かれた。マホロたちは急いでこの場を離れるため走りだした。だが老婆が「逃がすな！」と叫び、二人の男が出入り口を閉じた。

『……私は光の民、光の言葉、光の命を授ける。――お前にギフトを授ける』

少女は使い魔が噛みついた腕を振り、マホロたちのほうを指さした。その指先が示す相手をマホロは振り返った。――レオンだ。少女はまっすぐにレオンを指さしている。少女の指から光の筋が伸びて、レオンの胸を貫く。

『お前に与えるギフトは《魔力相殺》。――その代償に、女王陛下の死を！』

少女の声が高らかに宣言した刹那、レオンが苦しそうに胸を掻きむしって倒れた。

「ああ！　我らの悲願が！　この身を焼き尽くすほど憎い相手が！　デュランド王国の女王に死

がもたらされた！」

老婆は感極まった様子で叫んだ。マホロたちは凍りついたように動けなくなった。レオンのギフトの代償が――女王陛下の死⁉

「う、うう、うあああああ‼」

床に倒れ込んだレオンが狂ったように喚き始めた。顔は土気色になり、髪を掻きむしり、絶望そのものの表情で少女を睨みつける。

「何を！　何をしたのだ⁉　まさか女王陛下を⁉　嘘だ、嘘だ、嘘だぁあああああ‼」

レオンは人が変わったように怒鳴り散らし少女に向かって突進した。マホロたちが止める間もなかった。レオンは宙に浮かぶ少女の衣の裾を摑み、地面に引き摺り下ろした。少女の瞳が黒に戻り、「きゃあ！」と悲鳴をあげて床に倒れる。

「訂正しろ！　女王陛下は死んだりしないと言え‼　陛下を殺したら、お前を殺す！」

レオンは狂ったように吼えたて、悪鬼のような顔で少女の首を絞めた。二人の男が慌てて駆け寄り、レオンを少女から引き剝がそうとする。

「お前の命より大切なものは……女王陛下だったのか……」

ノアは上擦った声で呟いた。少女を殺そうとするレオンを呆然と見ている。マホロはどうしていいか分からず、その場に立ち尽くしていた。老婆は待っていたと言った。つまり、女王陛下を殺す人物が来るのを、老婆は知っていたのだ。マホロたちはこの場に司祭と呼ばれる少女が現れて、その少女がレオンにギフトを与えるとは夢にも思わなかった。しかもレオンの最も大切なも

のが、女王陛下だなんて。レオンは以前、家族が大事だからギフトはいらないと言っていたのに。レオンは何よりも女王陛下を大事に思っていたのだ——。

二人の男に取り押さえられ、レオンは狂ったように叫んでいる。少女は痣のついた首を押さえ、激しく咳き込んでいる。

「そうか……」

背後から震える声が聞こえた。ぎくりとして振り返ると、アルフレッドが両手で顔を覆っていた。その隣で、あまりの事態に団長すら身じろぎひとつできずにいる。

何人もの王族が殺されて間もないのに、たった今、唯一の祖母であり敬愛する女王陛下の命が奪われたと聞かされ、アルフレッドはどれほど衝撃を受けたのだろう。マホロは胸を痛めた。

——だが、違った。

顔から手を離したアルフレッドは、泣いてはいなかった。

「そうか——お前が俺を王にする男だったのだな」

アルフレッドは口元に凄絶な笑みを湛えてレオンを見ていた。その笑みはゾッとするほど冷酷で、愉悦に浸っていた。レオンの叫び声にわななきながら、マホロはアルフレッドから目を離せずにいた。

このたびは小社の作品をお買い上げくださり、誠にありがとうございます。
この作品に関するご意見・ご感想をぜひお寄せください。
今後の参考にさせていただきます。
https://bs-garden.com/enquete/

女王殺しの血族

SHY NOVELS359

夜光花 著

HANA YAKOU

ファンレターの宛先
〒101-0065 東京都千代田区西神田3-3-9大洋ビル3F
(株)大洋図書 SHY NOVELS編集部
「夜光花先生」「奈良千春先生」係
皆様のお便りをお待ちしております。

初版第一刷2020年12月3日

発行者 山田章博
発行所 株式会社大洋図書
〒101-0065 東京都千代田区西神田3-3-9大洋ビル
電話 03-3263-2424(代表)
〒101-0065 東京都千代田区西神田3-3-9大洋ビル3F
電話 03-3556-1352(編集)
イラスト 奈良千春
デザイン 野本理香
カラー印刷 大日本印刷株式会社
本文印刷 株式会社暁印刷
製本 株式会社暁印刷

ISBN978-4-8130-1327-3